치유 마법의
잘못된 사용법
~전장을 달리는 회복 요원~
Vol. 4
쿠로카타
KUROKATA

【우사토】
【아마코】
등장인물 소개

【네아】
【아르크】
【블루링】

불꽃을 두른 검, 중후한 갑옷.
그는 공허한 눈으로 이쪽을
지그시 노려봤다.
"……보내 주지 않을 생각인가요,
아르크 씨."

치유마법의 잘못된 사용법

~전장을 달리는 회복 요원~

Vol. 4

저자 쿠로카타

일러스트 KeG

치유마법의 잘못된 사용법 ~전장을 달리는 회복 요원~ Vol. 4

CONTENTS

구명단 수칙

~식사 시 마음가짐~

하나, 올바른 식생활을 명심할 것.

하나, 영양적으로 균형 잡힌 식재료를 섭취할 것.

하나, 식사를 남긴 자는 그 즉시 접시닦기형에 처한다.

제1화 우리의 여행은 계속된다!

서신을 전달하기 위해 찾은 마도도시 루크비스.

그곳에서 치유마법사 소년, 나크와 만난 나는, 미나라는 소녀에게 괴롭힘을 당하던 나크를 강하게 만들기 위해 구명단에서 내가 로즈에게 받은 훈련을 실시했다.

노력과 오기로 미나에게서 승리를 거머쥔 나크는 나와 같은 구명단원의 길을 걷겠다고 결의하게 되었다.

그 후 나크, 이누카미 선배, 카즈키, 웰시 씨와 루크비스에서 헤어진 우리는 다음 서신을 전달할 나라, 사마리알로 향하고 있었다.

"하아……."

루크비스를 떠난 지 사흘.

여행은 순조롭게 진행되고 있지만 가슴속은 불안감으로 가득했다.

등에 진 짐 속에 들어 있는 서신의 존재가 내 마음을 무겁게 짓누르고 있기 때문이다.

"불안하십니까?"

앞에서 말을 끌며 걷고 있던 아르크 씨가 한숨을 쉰 나를 돌아보았다.

나는 그의 말에 순순히 고개를 끄덕였다.

"솔직히 꽤 불안해요."

마왕군의 위협을 알리고 협력을 얻기 위한 서신 전달 여행.

마왕군과 두 차례 전투를 벌인 링글 왕국은 전쟁의 주역인 두 용사, 카즈키와 이누카미 선배, 그리고 구명단원인 내게 서신을 전달하라는 사명을 부여했다.

그리고 우리는 얼마 전, 마도도시 루크비스의 협력을 무사히 얻는 데 성공했다.

"기도의 나라, 사마리알……인가……."

우리의 다음 목적지이자 내가 처음으로 혼자 서신을 건네러 가는 나라…….

이번에는 곁에 이누카미 선배도, 카즈키도 없다. 지금까지 함께 있었던 사람들이 없을 뿐인데 이렇게나 불안해지는 것은, 내게 두 사람이 그만큼 커다란 존재였다는 말이기도 했다.

"우사토 님께는 저희가 있습니다."

음울한 기분으로 걷던 내게 아르크 씨가 불쑥 그런 말을 건넸다.

얼굴을 들자 듬직한 등을 내보인 그의 모습이 시야에 들어왔다.

"혼자 할 수 있는 일은 한정되어 있습니다. 하지만 손을 맞잡고 서로 돕는다면 대부분은 어떻게든 될 겁니다."

"……감사합니다, 아르크 씨."

그렇지. 나는 혼자가 아니었어.

수인 아마코와 기사 아르크 씨, 그리고 내 파트너인 블루링이 함께 있었다.

내게 주어진 사명은 매우 중요하지만, 신뢰할 수 있는 동료와 함께라면 완수할 수 있을 것이다.

"하지만 막상 건네려고 하면 긴장할지도……."

짐 속에 소중히 넣어 둔 서신을 떠올리고 한숨을 쉬었다.

새로운 여행길에 대한 두근거림은 있지만, 사명을 잊어버릴 만큼 나는 낙관적이지 않았다.

"하하하, 괜찮습니다."

그러자 아르크 씨가 이쪽을 돌아보며 그렇게 말해 주었다.

"좀 볼 줄 아는 사람이 보기에 제 예의범절은 분명 엉망일걸요."

"그럴까요? 제가 보기에 우사토 님은 손윗사람에게 잘 대응하시는 것 같습니다."

"손윗사람에게……?"

"그 부분만 확실히 한다면 괜찮을 겁니다. 모든 사람이 완벽한 작법을 요구하는 건 아니니까요."

순간 내 뇌리에 로즈의 모습이 스쳤다.

그 사람 밑에서 생활하다 보면 자연스럽게 손윗사람……이라고 할까, 맹수를 대하는 법을 배우는 것도 무리는 아닐지도 모른다.

"확실히 그 사람도 일단은 손윗사람이지……."

내 상사이기도 하고 연상이기도 했다.

스승인 그녀를 나는 존경하고 경외하고 있었다.

"그렇군요. 요컨대 그거네요. 평소 단장님과 대화하는 느낌으로 행동하면 괜찮다는 거죠?"

"으, 으음, 과격한 발언을 삼간다면 문제없을 겁니다."

아르크 씨는 나와 로즈의 대화에 과격한 발언이 오간다고 생각하고 있는 건가?

……아주 틀린 말은 아니네, 응.

"로즈라고 하니 생각났는데……."

구명단 사람들은 어떻게 지내고 있을까?

변함없이 훈련에 힘쓰고 있겠지만, 페름은 슬슬 구명단에 익숙해졌으려나?

그 험상궂은 인간들은 평소랑 똑같겠지만, 그들한테 휘둘리고 있을 페름을 상상하니 웃음이 나왔다.

"우사토, 즐거워 보여."

그렇게 구명단을 생각하고 있던 내게 아마코가 말을 걸었다.

"응? 즐거운…… 건가?"

솔직히 그런 표정을 짓고 있다는 자각은 없었다.

하지만 로즈와 험상궂은 녀석들, 그리고 페름을 떠올리니 자연스럽게 미소가 지어졌다.

그렇게 생각하면 나는 그곳을 좋아했던 거겠지…….

"아마코는 지금 즐거워?"

"어?"

자연스럽게 입 밖으로 나온 내 물음에 아마코는 어리둥절한 표정을 지었다.

그리고 곤혹스러운지 고개를 숙인 그녀를 보고 아차 싶었다.

그녀의 엄마는 지금도 잠들어 있다. 그런 와중에 즐겁다고 생각할 수 있을 리가 없다. 너무나 경솔한 질문을 한 자신이 부끄러웠다.

"미안. 방금 한 말은 잊어 줘."

"……즐거워."

그때 작은 목소리로 아마코가 그렇게 중얼거렸다.

그 말에 무심코 그녀 쪽으로 얼굴을 돌렸다.

"블루링이 있고, 아르크 씨가 있고…… 우사토가 있어. 혼자가 아니라는 사실이 지금 내게는 무엇보다도 기쁘고 즐거워."

너무 착한 아이라 뭐라고 말해야 좋을지 모르겠어!

선배랑 달리 이 아이는 순수해!

왠지 「잠깐, 우사토 군?!」 하는 선배의 목소리가 들린 것 같지만 환청이겠지. 이누카미 선배는 며칠 전에 루크비스에서 헤어졌으니 말이야.

"크르릉."

"응? 왜 그래? 블루링."

갑자기 뒤에서 다가온 블루링이 앞발로 내 다리를 때렸다.

"크앙~."

"……."

뭔가를 바라고 있다는 것은 알겠지만, 밥은 조금 전에 줬는데…….

"……아마코. 이 녀석은 대체 뭐라고 말하고 있는 걸까?"

"음~ 아마 배고픈 것 같아."

"크앙~!"

정답! 이라고 말하듯 블루링은 힘차게 고개를 끄덕였다.

이 녀석, 진짜 먹보네. 언젠가 식량을 다 먹어 치우진 않을까 걱정이다.

태평한 파트너를 보며 어이없어하고 있는데 전방에서 무언가가 날아와 순간적으로 잡았다.

"사과? 아르크 씨, 이건……."

"여행은 이제 막 시작된 참이니까요. 이번만 특별히 주는 거예요."

아르크 씨는 그렇게 말하며 싱긋 웃었다.

배려할 줄 알고 융통성도 있다.

그의 새로운 부분을 발견한 나는 그를 따라 웃고 블루링에게 사과를 주었다.

기뻐하며 사과를 덥석 무는 블루링을 보니 기가 막혔다.

"하아……."

"후후, 이러니저러니 해도 우사토는 블루링한테 무르다니까."

확실히 나는 블루링의 투정을 받아 주게 된단 말이지.

앞으로는 좀 더 엄격하게 대하거나 조금씩 먹이는 양을 줄이도록 하자.

그래도 지금은 한가로운 여행길을 즐기도록 할까?

블루링이 사과를 다 먹기를 기다리고서 우리는 다시 앞을 향해 걷기 시작했다.

"아무 일도 없이 안전하게 여행이 이어지면 좋겠다."

"응, 그러네."

위험이나 말썽과는 무관한 여행…….

선배에게 받은 품속의 부적 위에 손을 얹은 나는 이 여행이 아무 일도 없이 무사히 끝나기를 기도했다.

제2화 아마코가 본 미래!

나는 내가 가진 마법이 싫다.

미래를 알게 되는 자신이 싫다.

내게 이 힘을 준 신이 싫다.

하지만 그런 신께 유일하게 감사하는 일이 있다.

이 혐오스러운 마법이 나와 그의 『운명』을 이어 준 것이다.

눈을 떴을 때, 나는 어둡고 섬뜩한 커다란 방의 중심에 서 있었다.

발밑에는 비싸 보이는 융단.

머리 위에는 샹들리에.

주위를 둘러보니 방 곳곳에 돌멩이 등 잔해가 굴러다녔고, 창문이 있었을 곳은 통째로 뚫려 깜깜한 바깥 경치가 보였다.

어째서 이곳에, 라는 의문은 들지 않았다.

그저 눈앞의 상황을 놓치지 않도록 시선을 집중한 나는, 내가 있는 방 안에 우사토와 아르크 씨가 있는 것을 발견했다.

아르크 씨는 몹시 지친 모습으로 검을 지팡이 삼아 선 채 우사토를 보고 있었다.

그리고 우사토도 내게 등을 보인 모습으로 서서 누군가에게 말하고 있었다.

『너는 바보구나.』

『…….』

『후회하고 있다면 왜 좀 더 일찍 깨닫지 못한 거야? 네가 원했던 건 이미 그 손에 있었어. 하지만 넌 그걸 손에서 놓으려고 했지. 너의 뜻과는 관계없이 말이야.』

누구에게 말하고 있는 걸까?

내가 있는 곳에서는 우사토가 말을 걸고 있는 사람이 보이지 않았다.

우사토는 너덜너덜한 모습이었다.

그가 입고 있는 단복은 찢어지지는 않았으나 심하게 그을려 거뭇거뭇했다.

관자놀이에서 턱까지 핏자국이 있는 것을 보면 격렬한 전투를 치른 후 같았다.

『——.』

우사토는 무슨 말을 한 후에 눈앞에 있는 누군가에게 다가가 웅크려 앉았다.

그러자 우사토 앞에 있는 사람이 조금 보였다.

아주 짧은 한순간, 어둠에 휩싸여 얼굴은 확실히 보이지 않았으나 그 입가가 일그러지며 예리한 이가 슬쩍 드러났을 때, 내 시야가 크게 흔들렸다.

『우사토! 피해!』

앞으로 뛰쳐나가려던 내가 외쳤다.

그와 동시에 벽에 등을 기대고 있던 누군가가 어디선가 단검 같은 것을 꺼내 우사토에게 내질렀다.

『너?!』

뒷모습만 보이는 위치에서는 그가 찔렸는지 알 수 없었다.

하지만 우사토의 발밑에 핏방울이 뚝뚝 떨어지는 것이 보이고 말았다.

순간, 시야가 흐려졌다.

마치 잠에 빠지듯 눈앞에서 멀어지는 광경을 향해 손을 뻗었지만, 그것은 손을 뻗어도 닿을 수 없는 곳으로 가 버렸다.

조금만 더 알고 싶어!

우사토는 어떻게 됐어?

다친 거야?

괜찮은 거야?

살아 있는 거지?

나는 또…… 혼자가 되는 거야……?

혼자는, 이제 싫어…….

무서운 상상이 머릿속을 빙빙 맴돌자 속수무책으로 겁이 났다.

내 꿈은 언제나 그렇다. 내 의지를 무시하고서 보여 주고 싶은 장면만 틀고 그것으로 끝난다. 그 후도, 그 전도 보여 주지 않는다.

우사토가 사라지면 나는 두 번 다시 일어설 수 없게 될지도 모른다.

그가 평범한 치유마법사였다면 이런 생각은 하지 않았으리라.

나는 우사토와 함께 여행하며 알아 버렸다.

우사토와 함께 있을 때의 안도감을, 거짓 없이 터놓고 대화하는 행복을…….

함께 있으면 불안해지지 않는다.

고독했을 때의 외로운 감정은 조금도 샘솟지 않는다.

그것이 얼마나 멋지고 행복한 일인지를 알아 버렸다.

이제 이 행복을 놓치고 싶지 않았다.

그런데, 그런데…… 어째서 그가 칼에 찔리는 미래 따위를 보고 말았을까.

이럴 거였다면 예지마법 따위 필요 없었어.

이것 때문에 엄마는 깨어나지 않게 되었다.

하지만 예지마법이 있었기에 나는 우사토와 만날 수 있었다.

인정하고 싶지 않은 현실과 미래 사이에서 나는 고뇌했다.

보이기만 할 뿐 아무것도 하지 못하는 자신이 너무나 분하다…….

엄마도 이런 생각을 했던 걸까.

저항할 수 없는 현실과, 피할 수 없는 미래에 맞서야 한다.

운명이라는 이름의 부조리에…….

***

"뭐? 내가 칼에 찔리는 꿈을 꿨다고?"

"응."

루크비스를 나선 지 일주일이 지났을 무렵, 아침부터 안색이 좋지 않던 아마코가 말한 예지는 앞으로의 여행을 불안하게 만들기 충분했다.

"찔린다니…… 너한테?"

"나는 우사토한테 그런 짓 안 해……. 아니면 짚이는 게 있는 거야?"

"그런 쪽으로 짚이는 게 있으면 안 되지!"

게슴츠레한 눈으로 쳐다보는 아마코에게 황급히 부정하며 조금 전에 들은 예지에 관해 이것저것 생각했다.

아마코의 예지는 확실히 들어맞는다.

그녀 자신이 손쓰지 않으면 미래가 바뀌는 일은 절대 없다.

왕국이 파멸하는 미래를 바꾸라고 내게 촉구했을 때처럼 특수한 경우를 제외하면 바꿀 수 없었다.

"그게 정말입니까? 아마코 님."

"언제인지는 모르지만…… 먼 미래는 아니야."

말을 끌고 있던 아르크 씨의 물음에 아마코가 고개를 끄덕였다.

"어디를 찔렸어?"

"……모르겠어. 배 쪽일 거야."

단검이 배에 푹, 인가…….

"아프겠네……."

"……응."

"……."

"……어? 그게 다야?"

"응?"

그치만 배를 찔리는 것 정도로 새삼 무서워할 리가 없잖아.

링글 숲에서 거대한 뱀과 싸웠을 때는 더 심한 아픔도 경험했고, 찔린다고 해도 결국은 단검이고, 위험한 곳을 찔리지 않는다면 바로 고쳐서 반격할 수 있을 것이다.

솔직히 단장의 주먹이 더 아플 것 같다.

"아니, 아니아니아니아니, 맹독이 묻어 있으면 어쩔 거야!"

"치유마법으로 고칠 수 있고……."

독도 그 뱀과 싸우면서 이미 경험했으니 괜찮겠지.

"피도 났었고……."

"얼마나?"

"……아주 조금."

아주 조금이라면 찰과상 범주다.

"그럼 문제없네."

"……."

"잠깐만. 그런 눈으로 보지 마."

이 사람은 무슨 말을 하는 걸까, 하는 시선을 보내오는 것은 역시 견디기 힘들다.

"우사토 님, 조심하는 편이 좋겠습니다. 아마코 님이 말씀하신 상황을 생각하면, 머지않아 저희는 성가신 일에 휘말릴지도 모릅니다."

이야기를 듣고 있던 아르크 씨의 말에 고개를 끄덕였다.

"그러네요……. 아마코, 저번처럼 그 예지를 바꿀 수 있어?"

아마코에게 그렇게 물어봤지만 그녀는 고개를 가로저었다.

그럼 난 무슨 짓을 해도 단검에 찔릴지 모른다는 거네.

"지금부터 복근을 단련해 둘까? 아니지, 찔리기 전에 부러뜨릴까? 오히려 찌르려는 사람을 패는 편이 빠르지 않을까? 어떻게 생각해? 아마코."

"확정된 일이라고 했는데 왜 뒤엎으려고 하는 거야……."

설령 정해진 미래라고 해도, 할 수 있는 일은 해 두는 편이 좋다.

헛수고로 끝나더라도, 하지 않고서 후회하는 것보다 훨씬 낫다.

"아무튼 훈련이네. 블루링, 너도 할 거지?"

"크앙?!"

"그래그래. 너도 하고 싶은 거구나."

역시 내 파트너다.

나와 훈련하는 것이 어지간히 기쁜지, 걸으면서 내 다리를 때리는 블루링의 모습에 웃으며 아마코를 보았다.

"으으음……."

"왜, 왜 그렇게 봐? 우사토."

전부터 생각했지만 아마코는 조금 가냘프단 말이지. 앞으로의 여행을 생각하면 지금부터 단련해 두는 편이 좋을지도 모른다.

"아마코도 같이 하지 않을래? 근력을 키워 두면 비상시에 도움이 될 거야."

"뭐? 싫어."

그렇게 싫어할 줄은 몰랐어.

명확한 거부 의사를 나타내며 거리를 벌리는 아마코를 보고 가벼운 충격을 받았다.

그런 내 다리를 여전히 때리고 있는 블루링.

그리고 그 모습을 보며 흐뭇하다는 듯이 웃는 아르크 씨.

불온한 예지가 있지만 우리의 여행은 변함없이 평화롭게 진행되었다.

***

밤이 되자, 우리는 길가에 모닥불을 피워 놓고 둘러앉아 휴식을 취했다.

어두워지면 의지할 수 있는 것은 달빛뿐이고, 마물의 움직임도 활발해진다.

잠자리에 들 때는 언제 마물이 습격해 와도 대처할 수 있도록 나랑 아르크 씨가 교대하며 불침번을 섰다.

지금은 아직 졸리지 않기에 아르크 씨와 잡담을 했다.

아마코는 드러누운 블루링에게 등을 기대고서 새근새근 자고 있었다.

"아르크 씨. 사마리알에 도착하려면 멀었나요?"

마른 나뭇가지를 불에 넣고 있는 아르크 씨에게 다음 목적지인 사마리알에 관해 물어보았다.

"아직 상당히 거리가 있죠."

일주일 만에 도착할 수 없다는 것은 알고 있었지만, 역시 아직 멀었나…….

이 세계에는 자동차도 고속 철도도 없으니 멀리 떨어진 나라에 가는 데 시간이 걸리는 것은 당연하지만, 한 가지 문제가 있었다.

"먹을 것도 꽤 줄어들었네요……."

"예, 이 문제는 빨리 어떻게든 해결해야 합니다."

가방에서 지도를 꺼내 바라보는 아르크 씨의 말에 고개를 끄덕였다.

여행 중인 우리에게 식량은 필수다.

"뭐, 최악의 경우 식량이 동나면 저랑 블루링이 물고기나 동물을 잡아 올게요."

"크아~."

"귀찮아하지 마. 네가 식량을 마구 먹어서 지금 곤란한 거라고."

"하하하, 그때는 저도 함께 가겠습니다. 실은 사냥에는 자신 있답니다."

지도를 보고 있던 아르크 씨는 산뜻하게 웃었다.

이 사람은 정말로 뭐든 잘하는구나. 굉장히 믿음직스럽다.

"하지만, 으음……."

그때 아르크 씨가 지도를 보고 끙 소리를 냈다.

"왜 그러세요?"

"이 마을 주변에서 이상한 일이 일어난다는 소문을 들은 적이 있어서요."

"이상한 일?"

마을이 아니라 그 주변에서?

신경이 쓰여 물어보니 아르크 씨는 매우 기묘한 표정을 지었다.

"실력 있는 기사나 모험가, 도적이 마을 주변에서 돌연 소식이 끊어진다고 합니다."

"그건 이상한 일이 아니라 위험한 일 아닌가요……?"

소식이 끊어진다니, 상당히 뒤숭숭하다.

내가 원래 있던 세계의 카미카쿠시[#1] 같은 걸까?

이세계 소환도 비슷한 종류지만, 이 세계에서 행방불명되는 것은 여러 가지 원인을 생각할 수 있다.

도적에게 붙잡혔거나, 마물의 습격을 받았거나, 벼랑에서 떨어졌거나…….

"하지만 몇 달…… 길어도 몇 년쯤 지나면 아무 일도 없었던 것처럼 나타난다더군요."

"그게 뭐예요. 그 사람들은 괜찮았던 건가요?"

없어졌던 기간에 대체 어디서 뭘 하고 있었던 걸까?

"저도 풍문으로 들었을 뿐입니다만, 다들 그사이의 기억이 없다고 합니다."

"기억이…… 없다?"

"시간을 뛰어넘었다든가 누군가에게 기억을 빼겼다는 등 다양한

#1 카미카쿠시(神隠し) 어린아이 등 사람이 어느 날 홀연히 사라지는 현상. 옛날에는 신이 데려가 행방불명됐다고 믿었다.

억측이 난무하고 있지만 그 진상은 확실하지 않습니다."

"누군가의 희소한 마법이라고 생각하면 무엇이든 가능성이 있을 것 같네요."

"그렇죠……."

이 세계에는 마법이라는, 상식의 틀을 벗어난 것이 존재하기에 말도 안 된다고는 할 수 없었다.

"……."

솔직히 이런 이야기는 질색이다.

정확히 말하자면 귀신 이야기 같은 호러 전반에 약했다.

얼굴이 새파래진 나를 봤는지 아르크 씨는 안심시키듯 싱긋 웃었다.

"최근 몇 년은 누군가가 사라졌다는 소문을 듣지 못했으니 괜찮을 겁니다. 개인적으로는 상인이나 도적이 재미 삼아 흘린 소문이라고 생각합니다."

"그, 그런가요……."

다행이다. 헛소문이라면 괜찮으려나…….

지나가다가 카미카쿠시에 휘말렸습니다~ 같은 사태를 상상하고 말았지만, 헛소문이라면 무서워할 필요 없겠지.

판타지 세계에 호러는 필요 없다. 있어서는 안 된다.

애초에 귀신 따위……!

"크릉……."

그때, 꾸벅꾸벅 졸고 있던 블루링이 작게 으르렁거리며 수풀 쪽을 보았다.

"……아르크 씨."

"예."

나는 옆에 놓아두었던 검을 든 아르크 씨에게 눈짓하며 일어났다.

블루링이 보고 있는 수풀에 무언가가 숨어 있다.

마물? 아니면 잠든 때를 노려서 습격하려던 누군가?

어느 쪽이든 숨어서 이쪽을 엿본 것을 보면 우리에게 우호적이진 않으리라.

아직 자고 있는 아마코를 블루링에게 맡기고, 칼자루를 쥔 아르크 씨와 나는 천천히 수풀로 다가갔다.

"……."

발견하면 치유 펀치로 냅다 때리겠다.

상대에게 적의가 없었다면 나중에 사과한다.

마물이라면 거리낌 없이 기절시키고 방치한다.

유령이라면 모두를 데리고 도망친다.

주먹에 치유마법을 두르고 앞장선 나는 부스럭거리며 수풀을 손으로 걷었다.

"부, 부엉!"

"우왓?!"

순간, 수풀에서 검은색 물체가 튀어나왔다.

깜짝 놀라며 주먹을 거두고, 위쪽으로 날아간 물체를 찡그린 눈으로 바라보았다.

"올빼미……?"

커다란 날개와 동그란 실루엣. 굉장히 높은 울음소리를 내며 검은색 올빼미는 숲속으로 사라졌다.

나와 마찬가지로 올빼미를 보고 있던 아르크 씨는 칼자루를 쥐고 있던 손을 내리고서 미소 지었다.

"아무래도 너무 긴장하고 있었나 봅니다."

"그러네요."

아르크 씨의 말대로 너무 긴장하고 있었나 보다. 조금 여유를 가지고서 움직이는 편이 좋을지도 모른다.

"……근데 올빼미가 저렇게 울던가?"

게다가 왜 수풀에서 튀어나온 걸까?

진짜 올빼미의 울음소리와 습성을 알고 있는 것은 아니지만 왠지 그것이 신경 쓰여서, 올빼미가 사라진 어두운 숲을 물끄러미 바라보았다.

***

다음 날, 우리는 평소처럼 여행을 계속했다.

조금 뒤떨어진 곳에서 아르크 씨가 말을 끌며 걷고, 그 앞에 블루링과 아마코, 나 순서로 계속 걸었다.

평소와 다름없는 여행의 일상.

그런 일상이 계속될 줄 알았지만 오늘만큼은 달랐다.

"……!"

갑자기 아마코가 귀에 손을 댔다.

"아마코 님?"

"아마코, 왜 그래?"

인간보다 뛰어난 청각을 가진 수인의 귀에 뭔가가 들린 것일까?

신경 쓰인 나는 멀리서 나는 소리를 듣고자 귀에 손을 대고 의식을 집중했다.

『……세요…….』

……여자 목소리?

수인처럼 청각이 날카롭지 않은 내게는 잘 들리지 않았지만, 확실히 누군가의 목소리가 들렸다.

발을 멈추고 더욱 귀를 기울이자 나뭇잎 스치는 소리와는 다른 목소리가 울렸다.

『누가 좀 도와주세요!』

그것은 도움을 구하는 소녀의 비명이었다.

"우사토!"

"알고 있어!"

소녀의 비명이 들림과 동시에 나는 달리기 시작했다.

어떤 상황인지 알 수 없으나 서둘러야 하는 것은 확실했다.

"아르크 씨, 먼저 갈게요!"

"조심하십시오!"

다 같이 이동하면 늦을지도 모른다. 발이 빠른 내가 먼저 도우러

가는 편이 낫다.

나무들로 둘러싸인 완만한 경사면을 전속력으로 달려가자 여러 사람의 모습이 시야에 잡혔다.

"누구지?!"

먼 곳을 응시하며 확실하게 시선을 집중하자 너덜너덜한 옷을 입은 집단이 내 또래의 소녀를 에워싸고 있는 것이 보였다.

"있다!"

아직 위해를 가하지는 않은 것 같았다.

하지만 소녀를 에워싼 녀석들은 당장에라도 그녀를 덮칠 것 같았다.

게다가 이상하게도 녀석들은 전부 눈에서 생기가 느껴지지 않았고 피부가 창백했다. 어떻게 봐도 멀쩡한 사람들은 아니었다.

"엎드려!"

내 모습을 알아차리고 도움을 구하려던 소녀를 향해 외친 나는 손바닥에 생성한 마력탄을 그 집단에게 힘껏 던졌다.

똑바로 날아간 마력탄은 소녀를 에워싼 남자들에게 직격하여 두어 명을 옆으로 날려 버렸다.

"엇, 날아왔어?! 꺄아?!"

눈이 동그래진 소녀 곁에 도달한 나는 그녀를 안고 단숨에 뒤로 물러났다.

일단 무슨 짓을 당하진 않았는지 안부를 확인했다.

"괜찮아?! 다친 곳은?!"

"예?! 저기…… 방금, 무슨……."

소녀는 얼떨떨한 얼굴로 나를 올려다보았다.

어깨까지 기른 갈색 머리, 예쁜 호박색 눈. 겁먹었기 때문인지 눈동자는 촉촉했다. 그 눈을 마주하고 나는 무심코 숨을 삼켰다.

"……읏!"

어떻게 된 것인지 넋 놓고 바라보고 말았다.

어라? 이건 혹시 첫눈에—.

"읏, 그럴 리가 없잖아!"

처음 보는 여자아이한테 반하다니, 나는 그런 성격이 아니다.

너무 개성적인 여성들과 지내다 보니 평범한 여자아이에 대한 내성이 없어진 건가?

그런 이상한 생각을 떨쳐 내며 소녀를 땅에 내려 주었다.

"금방 동료가 올 테니까 뒤쪽에 있어 줘. 이 녀석들은 내가 상대할게."

"아, 네……."

문제는 눈앞에 있는 집단이다.

옷차림을 보면 도적은 아니고, 마물 종류도 아니다.

너덜너덜한 의복과 축 늘어진 팔. 앞머리 사이로 이쪽을 바라보는 생기 없는 눈.

"왜 이 아이를 덮치려고 한 거지?"

""""…….""""

대화를 시도했으나 무시당했다.

아까 치유마법탄을 맞고 넘어졌던 녀석들도 아무 일 없었던 것처럼 일어나 이쪽을 살피고 있었다.

우선 위협적으로 나서 볼까.

"무슨 목적으로 이 아이를 덮치려고 한 건지는 모르지만……."

지금 나는 귀축 초(超) 사디스트, 인정사정없는 악마.

그렇게 자기 암시를 걸며 머리카락을 쓸어 올린 나는 눈앞의 집단을 노려보았다.

"저기, 이 사람들은……."

"그 이상 다가오면 먼저 팔을 비틀어 버리겠어."

"예?"

"그게 싫으면 이 아이를 덮치려고 한 이유를 말해. 만약 계획한 녀석이 있다면— 각오해라, 이 쓰레기들. 죽음보다 무서운 게 이 세상에 있다는 걸 가르쳐 주마."

로즈라면 이 정도는 말할 것이다.

아니, 좀 더 무서운 말을 해도 이상하지 않다.

"저, 저기……."

"응? 방금 무슨 말 했어?"

"아, 아아아아아, 아무것도 아니에요! 죄송합니다!"

돌아보니 소녀는 얼굴이 새파래져서 고개를 휘휘 저었다.

아무래도 눈앞의 집단이 아니라 뒤에 있는 소녀를 위협해 버린 모양이다.

눈앞의 집단은 내 위협에 겁먹기는커녕 이쪽으로 다가오고 있었다.

"싸울 수밖에 없나……. 너는 물러나 있어!"

허둥거리고 있는 소녀를 뒤로 물린 나는 조용히 치유마법을 주먹에 둘렀다.

"으어어어어!"

"날 원망하지 마!"

기분 나쁜 소리를 내며 공격해 오는 한 남자의 팔을 잡고 치유마법을 두른 주먹을 그 배에 박았다.

"흡!"

그대로 주먹을 가볍게 휘둘러 5미터쯤 멀리 날려 버렸다.

땅에 떨어져 데굴데굴 굴러가 축 늘어진 그를 보고, 내지른 주먹을 천천히 거뒀다.

힘을 가감하긴 했지만 기절시키기 충분한 위력의 일격이었을 터다.

"어, 어떻게 된 거야……."

뒤에 있는 소녀가 유난히 당황하고 있지만 내 주먹의 위력에 깜짝 놀란 거겠지.

그 반응에 익숙해져 버렸다는 것에 조금 슬픈 기분을 느끼며, 날려 버린 남자를 향해 시선을 돌렸다.

"굉장히 딱딱했어……."

배에 철판이라도 숨겨 뒀던 건가?

이런 말 하긴 뭐하지만 사람을 때린 감각이 아니었다.

주먹에 위화감을 느끼며 나머지 녀석들에게 눈을 돌리려고 했을 때, 날려 버린 남자가 느릿느릿 일어나는 것을 보고 경악했다.

"일어났어……. 튼튼하네— 읏?!"

복부가 함몰됐어?!

어째서? 그 정도의 위력은 담지 않았을 텐데……. 게다가 내 치유마법이 듣지 않을 리 없다.

아니, 애초에 어떻게 서 있을 수 있는 거야?!

“““으어어어어!”””

“크…….”

기분 나쁘게 서 있던 자들이 떼로 공격해 왔다.

혼란에 빠진 채 치유마법을 두른 주먹을 휘둘러 대응했으나, 이놈 저놈 할 것 없이 전부 이상하리만큼 딱딱했다.

“마치 나무줄기를 때리고 있는 것 같아!”

이 녀석들한테는 마법이 듣지 않는 건가? 인간이 아니라 그런 생물인 건가?

“치유 펀치가 듣질 않아?!”

“으어어?!”

덤벼든 한 사람을 치유 펀치로 날려 버리며 나는 충격을 받았다.

설마 이런 형태로 내 기술이 봉쇄당할 줄이야…….

치유마법이 듣지 않고 기절시킬 수도 없는 적이라니—.

“나는…….”

“으어?!”

돌려차기로 둘을 날리고, 옆에서 달려드는 한 명의 팔을 잡아 그대로 휘둘러서 땅에 내동댕이쳤다.

“어떻게 해야 하는 거야…….”

"으어?!"

붙잡은 팔을 놓음과 동시에 손바닥에 마력탄을 생성해 뒤에서 덮치려던 다른 한 명의 안면을 향해 던졌다.

신기술— 치유 시야봉인.

눈에 편안한 치유마법탄으로 시야가 차단되어 몸을 뒤로 젖힌 상대에게 주먹을 내질러 근처 나무에 처박았다.

하지만 나무에 처박히면서 생긴 상처에서는 피가 나오지 않았고, 치유마법으로 고쳐진 것 같지도 않았다.

"치유마법의 효과가 안 보여……. 어떻게 된 거지?"

하나같이 느릿느릿 몸을 일으키는 것을 보고 고개를 갸우뚱했다.

치유 펀치가 이렇게 간단히 격파되다니…….

그런 종족인 건가? 어쨌든 기분 나쁘다는 것은 분명했다.

"그냥 평범하게 때리면 되잖아?! 우사토 바보야?!"

"아니, 그렇긴 한데……."

"으어어?!"

숨을 몰아쉬며 태클을 건 아마코에게 그렇게 대답하면서, 덤벼드는 한 명에게 수도를 내리쳤다.

"뭐, 딱히 치유 펀치를 고집하는 건 아니니까 방법은 얼마든지 있지."

치유 펀치는 어디까지나 『상대가 최종적으로 다치지 않게 하는 펀치』니까 상대를 배려할 필요가 없다면 힘으로 제압하거나 때려눕히면 그만이었다.

"요란하게 싸우셨군요. 우사토 님."

"그럴 수밖에 없었어요……."

뒤늦게 도착한 아르크 씨의 난처한 목소리를 듣고 안도하여 숨을 내쉬었다.

싸워 보고 알았는데, 이 녀석들은 완력이야 강하지만 동작이 느렸다.

마족과도, 인간과도 달랐다.

마치 눈앞의 사냥감을 잡아먹으려고 하는 맹수 같았다.

"이 사람들은 뭐죠?"

"우사토 님의 치유마법이 듣지 않고 너덜너덜한 몸……. 저도 처음 봅니다만, 아마도 그들은……."

다쳐도 피를 흘리지 않고, 몇 번이고 다시 일어나는 이형(異形)의 인간.

그들을 바라본 아르크 씨는 그에 해당하는 이름을 말했다.

"좀비."

그것은 내가 원래 있었던 세계에서 어떤 의미로 유명한 몬스터의 이름이었다.

"좀비, 인가요……."

"죽었음에도 계속 움직이는 시체. 어떤 상처를 입어도 계속 움직이며, 느리지만 인간의 한계를 뛰어넘은 완력을 가진 마물입니다."

인간이 아니라 마물인가…….

이 세계의 좀비에 관해서는 조금 알고 있다.

어디까지나 글로 배운 지식이지만, 죽은 인간이 특정한 마법으로 일으켜 세워져 꼭두각시처럼 조종당하는 것이 마물로서의 좀비였다. 그들의 손톱에 상처를 입거나 물려도 좀비가 되지는 않는 것이 원래 세계의 좀비와 다른 점이었다.

"이 녀석들이 좀비라면 조종하고 있는 존재가 어딘가에 있다는 거군요?"

"아마도 그럴 겁니다."

치유마법이 듣지 않는 이유도 이해가 됐다.

좀비의 육체는 이미 죽었기에, 살아 있는 몸에 작용하는 치유마법이 듣지 않았던 것이다.

그렇다면 이 이상의 치유마법은 필요 없다.

"이들에게 유효한 공격 수단은 카즈키 님의 빛마법처럼 성스러운 힘이 깃든 공격, 그리고……."

그렇게 말하며 내 앞으로 나온 아르크 씨가 검을 뽑자 칼날에서 불길이 뿜어져 나와 눈앞에 있던 좀비에게 직격하며 활활 타올랐다.

화염 계통 마법. 칼끝에 마력 불꽃을 만들고 발도와 동시에 뿜어낸 건가…….

머, 멋있어!

뭐랄까, 스타일리시 발도라는 게 이런 거겠지.

아르크 씨의 기술에 남몰래 감탄하고 있는데, 불길이 직격한 개체와 그 주위에 있는 좀비들이 무표정에서 일변하여 공포에 떨듯 신음하기 시작했다.

"으어, 아아아……아아아아!"

"그들은 불에 약합니다. 뒷일은 제게 맡겨 주십시오."

"……부탁드려요."

아르크 씨가 내뿜은 불길을 보고 좀비들은 뿔뿔이 흩어져 도망쳤다.

좀비라서 불에 약한 건가? 확실히 마른 나무 같은 감촉이었으니까 불에 잘 타려나?

"아마코, 그 애는 괜찮아?"

"응…… 다친 곳은 없는 것 같아."

후드를 쓴 아마코에게 소녀의 안부 확인을 부탁했다.

아마코 뒤에서 걸어 나온 소녀는 나를 보고 힘껏 머리를 숙였다.

"위험한 순간에 도와주셔서…… 아, 전 네아라고 해요! 어, 그게…… 고맙습니다!"

"으, 응……."

좀비들이 사라져서 공포심이 희미해졌는지 소녀— 네아는 눈부신 미소를 지었다.

그 너무나 눈부신 웃음을 마주하게 된 나는 무심코 시선을 돌리고 말았다.

이유는 알 수 없다.

하지만 그녀의 호박색 눈동자를 보고 있으면 마음이 빨려 들어가는 듯한 착각이 들었다.

"너는 근처 마을에 살고 있는 거야?"
"네."
네아는 근처 마을에 사는 아가씨로, 약초를 찾으러 마을 밖으로 나왔다가 좀비들과 만나서 아까 그 상황에 빠졌다고 한다.
그리고 지금은 답례를 하고 싶다며 우리를 마을까지 안내해 주고 있었다.
"하지만 의외였어……."
이 아이는 마물인 블루링을 무서워하지 않았다.
루크비스의 학생들은 블루링을 보면 이쪽이 질겁할 만큼 무서워했는데, 네아는 무서워하기는커녕 웃기조차 했다.
혼자 마을 밖으로 나오는 대담함도 그렇고, 의외로 담력이 셀지도 모른다.
"우사토 씨는 굉장한 마법을 가지고 계시네요."
"응? 굉장한 마법……?"
"좀비를 가뿐히 날려 버리고 마력탄을 그렇게 빨리 던지는 사람은 처음 봤어요. 신체 강화계 마법인가요? 아니면 바람 계통으로 속도를 올린 건가요? 설마 중력 계통의 희소 마법인가요?"
이거 혹시 에둘러서 인간을 벗어났다고 말하고 있는 걸까?
"후후……."
아마코, 지금 웃었지?
머리에 쓴 후드로 얼굴을 가리고서 어깨를 떨고 있는 아마코를 노려본 뒤, 반짝거리는 눈으로 나를 바라보고 있는 네아에게 어색한 웃음을 지어보였다.

순진해 보이는 그 웃음은 마음이 더러운 내게 너무 눈부셔……!

"아, 아냐, 그, 난 치유마법사야."

"예? 치유, 마법사……? 하지만 치유마법은 사람을 고치는 마법 아닌가요……?"

"그래서 아까는 평범하게 격투로 해결하고 마법은 거의 안 썼어."

그렇게 말하자 네아는 눈을 동그랗게 떴다.

설마 내가 쓰는 마법이 고치는 것 말고는 능력이 없다고 여겨지는 치유마법일 줄은 생각도 못 했으리라.

"즈, 즉…… 아까는……."

"전부 마법을 쓰지 않은 육탄전…… 놀랄 만도 해. 우사토는 뇌까지 근육 덩어리인 치유마법사니까."

참아야 해, 네아 앞이야……!

아마코에게는 나중에 벌을 주는 거야……!

"하하하, 아마코 님 말대로 우사토 님은 파격적인 방식으로 마법을 사용하시지만, 덕분에 많은 사람들이 목숨을 건졌습니다."

아르크 씨의 절묘한 수습에 제정신으로 돌아온 네아는 자신이 무례한 태도를 보였다고 생각했는지 이쪽을 홱 돌아보았다.

"아뇨! 깜짝 놀랐을 뿐이에요! 결단코 우사토 씨를 무시한 건 아니에요!"

"으, 응. 딱히 신경 쓰지 않아."

나는 필사적인 얼굴로 바싹 다가오는 네아에게 동요하면서도 대답했다.

역시 이 아이는 지금껏 만났던 어떤 여성과도 달랐다.

이누카미 선배처럼 호기심이 왕성한 느낌도 아니고, 우루루 씨처럼 쾌활하며 밝은 느낌도 아니었다.

굳이 말하자면 버려진 강아지를 연상시켰다.

"잠깐, 가까워, 가까워."

"아! 죄, 죄송해요……."

숨이 닿을 만한 거리까지 다가왔음을 알아차린 네아는 얼굴이 새빨개져서 뒤로 물러났다.

나도 얼굴에 열이 오른 것이 느껴졌다.

어이어이, 설마 이건…… 사—.

"흥!"

"으억?! 아마코, 느닷없이 무슨 짓이야!"

갑자기 아마코가 내 정강이에 옆차기를 날렸다.

왜 이러는 거야? 반항기냐?

"……우사토는 장래에 여자한테 사기당할 거야. 분명히."

"뭐?!"

그 대사 뭐야?! 다른 사람이 말했다면 신경도 안 쓰겠지만, 미래를 볼 수 있는 네가 말하면 불안하기만 하다고!

"너무 헤벌쭉거려서 보고 있을 수가 없어."

"아니, 그보다 내가 사기당한다는 게 예지인지 아닌지 확실히……."

"……."

"뭐라고 말 좀 해 줘……."

이런 나와 아마코를 보고 진정됐는지 네아는 수줍게 웃었다.

"저도 참, 오랜만에 외부인과 만나서 조금 흥분했나 봐요."

"그 말은 마을을 찾아오는 사람이 없었다는 겁니까?"

"……그렇죠."

아르크 씨의 질문에 네아의 표정에 그림자가 드리워졌다.

잠시 침묵이 흐른 후, 입을 다물고 있던 네아가 마침내 입을 열었다.

"좀비가 나타나게 되면서 저희도 정말 난처해졌어요."

확실히 그런 기분 나쁜 녀석들이 근처를 어슬렁거리는 마을에는 보통 다가가려 하지 않겠지.

상인도 오지 않을 테니 생활도 힘들어졌을 것이다.

곰곰이 생각해 보면 이런 평범한 여자아이가 혼자 약초를 찾아 나섰다는 것만 봐도 알 수 있는 일이었다.

"어째서 좀비가 나타나게 됐는지 이유는 알아?"

"……아뇨, 저희도 전혀 모르겠어요."

이유도 알 수 없는 건가…….

좀비를 발생시킨 수괴가 누군지 안다면 대처할 방도는 얼마든지 있을 것 같은데…….

"아, 도착했어요!"

그때, 앞을 본 네아의 말을 듣고 정신을 차렸다.

전방을 보니 살짝 낡은 가옥들이 늘어선 마을 입구가 보였다.

예상했던 것보다 규모가 컸고, 원래 있던 세계에도 있을 법한 시골 농촌 같은 마을이었다.

"저곳이 제가 나고 자란 곳인 이아바 마을이에요."

마침내 마을에 돌아오게 되어서 기쁜지 네아는 안도한 표정을 지었다.

마을 주위를 잘 살펴보니 간이 목책으로 안과 밖을 나눴을 뿐이라 들어가고자 한다면 간단히 들어갈 수 있을 듯했다.

"네아!"

마을 쪽에서 네아를 부르는 소리와 함께 나이 든 여성이 이쪽으로 달려왔다.

이름을 불린 네아에게 시선을 돌리니 그녀도 마찬가지로 앞으로 달려 나갔다.

"테트라 씨!"

"다행이야! 네가 말없이 마을을 나가서 얼마나 걱정한 줄 알아……?"

나이 든 여성이 네아를 자상하게 끌어안았다.

"죄송해요. 하지만…… 약초가 부족해서……."

"약 같은 건 괜찮아……. 조금 있다가 마을 젊은이들을 보내려던 참이었어. 아무튼 무사히 돌아와서 다행이야. 그런데 뒤에 있는 분들은?"

"좀비에게 습격받을 뻔했던 저를 도와주신 분들이에요. 여러분, 이쪽은 테트라 씨예요. 제…… 부모님 같은 분이세요."

포옹을 푼 네아는 우리 쪽으로 몸을 돌리고 그녀를 소개해 주었다.

테트라 씨는 의심스럽게 우리를 보고 있었지만 네아를 도왔다는 말을 듣고 곧장 자상한 얼굴로 돌아와 인사했다.

“이 아이를 도와줘서 정말로 고마워. 이 아이는 정말 배짱이 너무 두둑해서……. 뭐라고 감사해야 할지…….”

“자, 잠깐만요, 테트라 씨! 손님 앞에서 제 얘기는 하지 말아 주세요!”

테트라 씨가 탄식하며 네아에 관해 말하자 얼굴이 새빨개진 네아가 그녀의 말을 말리려고 했다.

조금 전에 「부모님 같은 존재」라고 말한 것이 살짝 신경 쓰였지만, 두 사람의 모습을 보니 신경 쓸 일도 아니라는 생각이 들었다.

“아뇨, 저희는 당연한 일을 했을 뿐이에요.”

아, 방금 굉장히 흔한 대사였어.

은근히 현실에서 말해 보고 싶었던 대사가 자연스럽게 내 입에서 나와서 깜짝 놀랐다.

“아, 아무튼 마을 안으로 들어가죠. 이야기는 들어가서 해요!”

“그것도 그러네. 세 사람과…… 말이랑 새끼 블루 그리즐리인 거지? 그쪽 두 마리는 마을 마구간 쪽으로 이동시키는 편이 좋겠어.”

우리는 테트라 씨, 네아와 함께 마을 안으로 들어갔다.

마을에는 그 밖에도 마을 사람들이 많이 있었고, 각자 밭을 갈거나 말과 소를 돌보고 있었다.

마을을 찾아온 사람이 신기한지 우리에게 이목이 모였다.

“긴 여행으로 지친 것 같은데, 하루쯤 묵고 가는 게 어때?”

"아뇨, 마음만 감사히 받겠습니다. 폐를 끼칠 수도 없고요."

우리의 임무는 각국에 서신을 전달하는 것이기에 아무리 답례라지만 하루라도 신세 지고 갈 수는 없다. 아르크 씨 말대로 마음만으로도 충분했다.

하지만 아르크 씨의 말에 테트라 씨는 천천히 고개를 가로저었다.

"쉴 수 있을 때 쉬는 게 좋아. 게다가 어린아이도 있잖아. 중요할 때 쓰러져서 이러지도 저러지도 못하게 되는 것보다 확실하게 휴식해서 완벽한 상태로 여행에 임하는 편이 좋지 않겠어?"

"하지만……."

"그리고 살날이 얼마 안 남은 할멈의 호의는 받아들이는 게 좋아."

테트라 씨가 호쾌하게 껄껄 웃자 아르크 씨는 포기하고 미소 지었다.

옆에 있는 네아도 쓰게 웃고 있었다.

"어린아이…… 어린아이…… 난 열네 살인데……."

아마코는 남몰래 충격을 받은 모습이었다.

뭐, 열네 살로는 안 보일 만큼 몸집이 작으니 말이지.

"훗……."

"……우사토, 지금 웃었어?"

"어? 아니, 전혀 안 웃었어."

"……읏!"

얼굴을 붉히고서 내 등을 투닥투닥 때리는 아마코를 보니 희열이 느껴졌다.

나는 언제 어느 때든 한 번 받은 굴욕은 잊지 않아…… 대부분은 말이야!

그리고 갚아 줄 수 있을 때 갚아 주지…… 갚을 수 있는 상대한테만!

미소를 지으며 내심 비웃고 있으니 아르크 씨가 이쪽을 보았다.

"우사토 님, 확실히 여행의 피로가 쌓여 있을 테니 하루만 신세 지도록 하죠."

"그러네요."

맨땅에서 자는 것에 익숙해졌다고는 해도, 스트레스를 받지 않는 건 아니었다.

조금 미안한 기분이 들지만, 테트라 씨와 네아의 호의를 감사히 받아들이기로 하자.

테트라 씨에게 알겠다는 뜻을 전하자 그녀는 만족스럽게 고개를 끄덕였다.

"좋아. 그럼 우선은 말과 블루 그리즐리를 마구간으로 안내할까?"

오랜만에 편히 쉴 수 있겠네…….

누군가의 호의를 받아들이는 것도 나쁘지 않다.

온화하게 웃고 있는 테트라 씨와 네아를 보고 나는 그렇게 생각했다.

제3화 마을을 위협하는 검은손!

블루링과 말을 마구간에 데려다 놓은 후, 네아와 테트라 씨가 사는 집으로 향했다.

나무로 지은 이층집으로 크기는 조금 컸다.

안내를 받을 때 집이 크다고 생각했는데, 놀랍게도 우리 세 사람에게 각각 방을 내줄 수 있을 만큼 방 개수도 여유로웠다.

"여기는 둘이 살기에 조금 과하게 넓어요."

쓰게 웃으며 그렇게 말한 네아의 살짝 쓸쓸해 보이는 표정이 굉장히 인상에 남았다.

안내받은 방에서 한동안 쉬다가 하늘이 어두워졌을 무렵, 네아가 저녁 준비가 다 됐음을 알려 주었다.

아르크 씨, 아마코와 함께 아래층으로 내려가니 여섯 명쯤 앉을 수 있는 커다란 테이블에 네아와 테트라 씨가 만들었을 따뜻한 요리가 차려져 있었다.

테트라 씨의 재촉에 자리에 앉자 그녀가 아마코를 보며 고개를 갸웃했다.

"음? 아가씨는 왜 계속 후드를 쓰고 있어……?"

계속 함께 있다 보니 아마코가 수인이라는 사실을 까맣게 잊고 있었다. 식탁 앞에 앉아서 경직된 나와 아르크 씨를 보고 네아와 테트라 씨는 의아해하며 고개를 기울였다.

"……."

하지만 아마코는 말없이 후드를 벗어 버렸다.

"잠깐, 아마코?!"

반드르르한 금발과 여우 귀를 드러낸 아마코는 걱정할 필요 없다는 듯 고개를 가로저었다.

"이 사람들은 괜찮아. 보였으니까."

보였다니, 예지가?

황급히 테트라 씨와 네아에게 시선을 옮기니, 테트라 씨는 눈을 살짝 크게 떴고, 네아는 입을 양손으로 가리고서 테트라 씨보다 더욱 크게 눈을 뜬 채 말을 잇지 못하고 있었다.

어떻게든 얼버무리려고 입을 열자 테트라 씨가 갑자기 웃기 시작했다.

"하하하…… 이거 놀라운걸? 이렇게 예쁜 아이가 숨어 있을 줄은 몰랐어."

"어, 어어……."

예상치 못한 반응에 나는 무심코 얼빠진 목소리를 내고 말았다.

"인간도 수인도 다 똑같아. 귀가 다르게 생겼고 꼬리가 있을 뿐이지. 그걸 가지고 이러쿵저러쿵할 만큼 마음이 좁진 않고, 무엇보다 네아의 은인을 매정하게 대할 만큼 배은망덕하지도 않아. 하지만 다른 녀석들한테는 얼굴을 보이지 않는 편이 좋을 거야. 다들 나처럼 삐뚤어지진 않았으니까."

테트라 씨의 말에 아마코는 고개를 끄덕였다.

아무래도 여기 있는 동안에는 아마코도 신경 쓰지 않고 지낼 수 있을 것 같다.

"아마코 씨가 수인이었다니, 정말로 깜짝 놀랐어요."

네아는 흐아~ 하고 감탄하며 아마코를 바라봤다.

그 시선에 나쁜 감정은 담겨 있지 않았고, 순수한 흥미로 바라보고 있음을 알 수 있었다.

"여기까지 오면서 『우사토 씨와 아마코 씨는 정말 친하구나~』라고 생각했는데, 지금 보니까 신기한 관계네요. 인간과 수인이 함께 행동한다는 이야기는 거의 없으니까요."

"뭐, 보기 드문 일이라는 건 자각하고 있어."

루크비스에서 특이하다는 말을 엄청 들었으니 말이지.

하지만 내가 보기에는 네아의 반응이 더 희한했다.

나는 아인(亞人)을 싫어하는 인간을 가까이서 보진 못했다. 그래서 인간이 수인을 얼마나 싫어하는지는 모르지만, 눈앞에 있는 두 사람의 우호적인 반응이 다른 사람들과 다르다는 것은 알았다.

"이야기는 나중에 하고 일단 저녁부터 먹자. 모처럼 만든 따뜻한 요리가 식어 버리겠어."

"그것도 그러네요. 자자! 많이 드세요!"

두 사람의 권유로 식사에 손을 뻗었다.

한동안 차가운 말린 고기와 과일 정도밖에 못 먹었기에 따뜻한 수프는 매우 맛있었다.

***

오랜만에 따뜻한 식사를 맛있게 먹은 우리는 식후에 나온 차를 마셨다.

"정말 맛있었어요."

테트라 씨에게 감사를 표하자 그녀는 쾌활하게 씩 웃었다.

"그거 다행이야. 나도 만든 보람이 있었어. 그럼 설거지를 해 볼까?"

"아, 테트라 씨. 그건 제가……."

"이런 때까지 마음 쓰지 않아도 돼. 넌 손님의 이야기 상대가 되어 주렴."

테트라 씨는 그렇게 말하고 부엌으로 가 버렸다.

남겨진 네아는 어떻게 하면 좋을지 모르겠다는 느낌으로 허둥거렸다.

내가 먼저 말을 걸까? 그렇게 생각하고 있는데, 옆에 있던 아르크 씨가 먼저 말을 꺼냈다.

"그 좀비들 말입니다만, 언제부터 이 주변에 출몰하게 됐습니까?"

"예?"

갑작스러운 질문에 네아는 눈에 띄게 동요했다.

나도 아르크 씨의 추궁하는 듯한 어조에 조금 놀랐다.

좀비에 관해 뭔가 신경 쓰이는 점이라도 있는 걸까?

"그건……."

네아가 우물거리자 아르크 씨는 이어서 말했다.

"좀비는 자연 발생하는 마물이 아닙니다. 누군가가 만들어 낸 마물이고, 그 행동도 창조주가 정합니다."

"아르크 씨?"

"……."

아르크 씨는 생각에 잠긴 모습으로 입을 다물어 버린 네아에게 추궁하듯 말했다. 아르크 씨가 무슨 말을 하고 싶은 것인지 나는 도통 알 수 없었지만, 그가 여자아이에게 매서운 태도를 취할 만한 사람이 아님은 알고 있었다.

지금은 그에게 맡기고 지켜보자.

"사실은 알고 계시지 않습니까? 아마도 이 마을 사람들 모두가 좀비를 만들어 낸 존재를 알고 있을 겁니다."

"……읏."

"네아. 저희를 끌어들이지 않으려는 마음은 이해하지만, 말해 주실 수 없을까요?"

나는 아르크 씨가 무엇을 듣고자 하는지 이해했다.

처음에 내가 좀비에 관해 물어봤을 때, 그녀는 「모른다」고 대답했다.

하지만 그것은 우리를 배려한 거짓말이었고, 사실은 좀비를 만들어 낸 존재와 그 존재가 어디 있는지도 알고 있었던 것이다.

"……세요……."

정신 차리고 보니 고개 숙인 네아는 띄엄띄엄 말을 자아내고 있었다.

"마을을, 저희를…… 도와주세요."

울먹이며 그렇게 말한 그녀를 보고 내가 맨 처음 느낀 감정은 당황이었다.

여기 사는 사람들이 그렇게 절박한 상황이라는 것에 놀란 것은 아니었다. 「도와달라」는 그녀의 부탁을 안이하게 받아들여도 될까 하는 생각이 들었기 때문이었다.

서신을 맡은 내 입장을 생각하면 도움을 구하는 그녀를 거절해야만 했다.

"하지만……."

인명을 구하는 것이 목적인 구명단원으로서 나는 그녀를 돕고 싶었다.

"우선 이야기를 들려줬으면 좋겠어."

네아는 눈가를 훔치고 고개를 끄덕였다.

"좀비들은 2년쯤 전에 갑자기 모습을 나타냈어요. 나타난 장소는 마을 변두리의 묘지…… 매장된 마을 사람들이 돌연 좀비로 변해 되살아난 거예요."

"되살아난 좀비들은?"

"마을을 엉망으로 만들고 많은 사람들을 해친 후…… 어딘가로 가 버렸어요."

2년 전에 갑자기 모습을 나타냈다면 마왕이 부활한 시기인가? 마왕의 부활과 뭔가 관련이 있을지도 모른다.

그건 그렇고, 그 좀비들은 원래 이 마을에서 죽은 사람들이구나…….

“악취미네…….”

굳이 마을 사람들이 정성껏 매장했을 시신을 이용하고, 게다가 마을을 엉망으로 만들다니, 너무 악취미다.

“좀비들은 저희나 지나가는 상인 및 여행자들을 무차별적으로 습격하고 있어요. 그 탓에 이 마을에는 거의 아무도 오지 않게 됐어요.”

“좀비들은 어떤 행동 원리로 움직이고 있는 걸까요…….”

“그건, 모르겠어요……. 다만 마을에서 조금 떨어진 저택에 그들을 조종하고 있는 흑막이 살고 있다는 건 알아요.”

그녀의 시선 끝에는 밤의 어둠이 펼쳐져 있지만, 그 끝에 그녀가 말하는 저택이 있을 것이다.

“하지만 낮이고 밤이고 저택 주위에는 많은 좀비들이 돌아다녀요. 게다가 저희는…… 그를 쓰러뜨릴 수 없어요.”

“그?”

좀비들을 만들어 낸 수괴는 남자인가?

「그」라고 부르는 인물을 알고 있을 네아는 우리 세 사람을 둘러본 후 결심한 듯 입을 열었다.

“네크로맨서. 망자의 왕, 시체를 지배하는 마물이 저택에 살고 있어요.”

“네크로, 맨서?”

로즈가 준 책에 적혀 있던 마물이다.

시체를 조종하는 마물로 고도의 지능을 가지고 있다……고 한 것 같은데…….

또 뭐라고 적혀 있었더라?

"으음……."

"우사토 님, 제가 설명할까요?"

"부탁드려요……."

이럴 때 퍼뜩 떠오르지 않는단 말이지. 짐 속에 책이 있으니 다시 읽어 두자.

"네크로맨서 혹은 사령주술사라고도 부릅니다만, 이것은 한없이 사람에 가까운 마물입니다."

"아인은 아닌 건가요?"

사람에 가깝다는 것은 수인이나 마족 같은 종족이라는 생각이 드는데…….

"아인은 우리 인간과 같은 피와 살을 가지고 있습니다. 하지만 마물은 몸이 마소(魔素)로 구성되어 있고, 이 차이가 사람인지 마물인지를 판단하는 기준입니다."

"그렇군요……."

"게다가 인간형 마물은 전부 지능이 높습니다. 본능에 몸을 맡기지 않고, 사고하고 행동하는 부분이 평범한 마물과 다른 점입니다."

그럼 인간과 비슷하게 생긴 마물이 인간의 거처에 숨어들어도 들통나지 않는 건가.

"죽은 자를 되살려 사역하는 네크로맨서의 능력은 인간뿐만 아니라 아인, 짐승…… 사체라면 어떤 것이든 조종할 수 있는 위험한 능력입니다."

"사체를 조종한다라……."

만약 블루링처럼 흉포한 마물이 좀비로 움직인다면 마을 사람들이 상대하기는 버거울 것이다.

"더욱이 성가신 점이 또 하나— 네크로맨서는 인간형 마물 중에서도 손꼽히는 두뇌를 가지고 있습니다. 지금은 그저 배회하고 있을 뿐인 좀비들도, 네크로맨서라는 지도자의 통솔하에 습격해 온다면 어지간한 실력으로는 맞설 수 없을 겁니다."

"통솔된 좀비들은…… 그 정도로 성가신 건가요?"

"열 마리 정도라면 우사토 님 혼자서도 대처하실 수 있을 겁니다. 하지만 그 이상의 좀비들을 상대하는 건 아무리 우사토 님이 강하셔도 무리겠죠."

분하지만 그럴지도 모른다.

나 혼자 도망친다면 거리를 벌려 대처할 수 있겠지만, 동시에 상대해야만 하는 상황에 빠진다면 밀리게 될 것이다.

"성가시네……."

아르크 씨의 설명을 머릿속에서 간단히 정리해 보았다.

죽은 자를 조종하며 고도의 지능을 가졌다. 사람과 비슷하게 생겨서 인간의 주거에 쉽사리 숨어들 수 있다.

그것들을 고려하면 네크로맨서는 매우 위험한 마물이었다.

"아르크 씨, 그 네크로맨서 자체은 얼마나 강한가요?"

"본체는 그다지 강하지 않습니다. 하지만 네크로맨서의 강점은 집단전으로, 좀비는 말하자면 기능하는 한 계속 움직이는 수족이죠. 우사토 님처럼 신체 능력에 특화된 자가 아니라면 상대하기 어렵습니다. 불마법을 다루는 저도 마력은 무한하지 않기에 장기전이 되면 확실하게 불리해집니다."

요컨대 장기로 따지면 네크로맨서가 궁(宮)이고, 결코 죽지 않는 졸병이 좀비라는 건가.

귀찮은 상대네. 좀비의 수도 얼마나 있는지 알 수 없고…….

"네크로맨서의 목적은 뭘까요?"

신경 쓰이는 점은 네크로맨서가 이아바 마을을 습격하는 이유다.

마을 사람들의 시신을 좀비를 바꾸었다면 이아바 마을 자체에 볼일은 없을 것이다. 살아 있는 마을 사람들을 죽여서 좀비로 만들 생각이라고 해도 수법이 번거롭다.

"확실히 부자연스럽네요. 네크로맨서의 목적이 좀비 생성이더라도, 이 마을을 고집하는 이유를 모르겠습니다."

"순수하게 마을 사람들을 괴롭히기 위해서라든가?"

"그럴 가능성도 있지만, 지능이 높은 네크로맨서가 일시적인 열락을 위해 그런 행동을 보일 것 같지는 않습니다. 어쩌면 어떤 의도가 있어서 이곳에 머물고 있을지도 모릅니다."

"……욕망에 따라 날뛰고 있는 거라면 간단할 텐데……."

제일 성가신 것은 생각하고서 날뛰는 녀석이다.

링글 숲에서 싸웠던 뱀도 그랬다. 막무가내로 날뛰고 있는 것처럼 굴면서도 머릿속으로는 냉정하게 내 목숨을 빼앗으려고 했었다.

"으음……."

상대가 깡패나 도적이라면 얼마든지 대처할 방법이 있겠지만, 설마 네크로맨서라는 위험한 마물을 상대하게 될 줄은 상상조차 못했다.

장기전이라면 좀비를 조금씩 쓰러뜨리며 나아가서 마지막으로 네크로맨서를 해치우는 방법을 쓸 수 있겠으나 여행 중인 우리는 그러기 힘들었다.

"저기……."

"응?"

그때 네아가 말을 걸어왔다.

"역시…… 됐어요."

"됐다니?"

"저희는, 괜찮아요. 우사토 씨에게는 위험한 순간에 한 번 도움을 받았는데, 뻔뻔하게 또 도움을 구하고 있네요……. 그러니까, 이제, 됐어요."

침통한 얼굴로 띄엄띄엄 그렇게 말한 그녀의 모습에 내 얼굴이 굳어졌다.

"……."

내, 내버려 둘 수 있을 리가 없잖아……. 그렇게 절망한 얼굴로 그런 말을 하는데 「응, 그래」라고 대답한다면 이쪽이 죄책감에 시달릴 거야.

그렇게 고민하고 있는데, 내 쪽으로 약간 몸을 기울인 아르크 씨가 목소리를 낮춰 말했다.

"우사토 님."

"네?"

나도 목소리를 낮춰 대답했다.

"마왕이라는 강대한 존재가 있는 지금, 어떤 사태가 일어나도 이상하지 않습니다."

"설마 네크로맨서가 마왕의 영향을 받아 움직이고 있을지도 모른다는 건가요?"

"가능성이 없진 않습니다."

설마 여기서 마왕이 관계되는 건가. 그렇다면 그냥 넘어가도 될 문제가 아닐지도 모른다.

"하지만 결정권은 우사토 님께 있습니다. 저는 그것을 따르겠습니다."

……내가 정하는 건가.

호위인 아르크 씨의 입장상 그렇게 되는 것은 당연하지만 어렵네.

일단 아마코의 뜻도 확인해 둘까.

"아마코는 어떻게 해야 한다고 생각해?"

"난 우사토의 결정을 따를 거야. 우사토는 자신이 옳다고 생각하는 일을 하면 돼."

두 사람의 시선을 받고 한숨을 쉬었다.

앞을 보니 네아가 불안한 얼굴로 내 말을 기다리고 있었다.

지금 이 마을을 내버리고서 여행을 떠나더라도 그녀는 우리를 원망하지 않을 것이다.

내게 주어진 사명을 우선한다면 위험한 마물인 네크로맨서를 상대할 필요 따위 없다.

"……하아."

하지만 내버린다는 선택은 있을 수 없었다.

지금 이 아이를 내버린다면 나는 평생 후회할 것이다.

하지 않고 후회할 바에야, 하고 나서 후회하는 편이 낫다.

"아르크 씨. 네크로맨서에게 물리 공격은 효과가 있을까요?"

"실체가 있으니 통할 겁니다."

좋아, 유일한 불안도 해소됐다.

네아와 시선을 맞춘 나는 가슴 높이까지 손을 올리고서 주먹을 쥐었다.

"때려눕힐 수 있다면 이긴 거나 마찬가지야. 성가신 네크로맨서를 냉큼 날려 버리고 이 마을에 평화를 되찾아 주자."

내 말에 아르크 씨와 아마코가 고개를 끄덕였다.

죽은 자를 조종하여 마을을 위기에 빠뜨린 악랄한 마물을 내버려 두는 것도 찜찜했다.

내 말을 듣고 입을 가린 네아는 보는 사람이 걱정될 만큼 감동하며 몸을 떨었다.

"고맙, 습니다……! 저, 줄곧 불안하고…… 무서워서……."

"아아, 울지 마……."

기뻐하는 건 좋지만, 우는 건 참아 줬으면 한다.

떨리는 목소리로 말하고서 양손으로 얼굴을 가려 버린 그녀에게 무슨 말을 하면 좋을지 알 수 없어서 허둥거리고 말았다.

"얘기는 들었어."

테트라 씨가 손을 닦으며 거실로 돌아왔다.

"테트라 씨……!"

눈이 빨개진 네아는 놀란 표정을 지으며 옆에 앉은 테트라 씨를 보았다.

"내가 없는 사이에 얘기가 진행된 것 같지만 대강 파악했어. ……이 아이뿐만 아니라 생판 남인 우리까지 도와주려 하다니 고마워. 하지만 우리도 너희에게만 맡길 순 없지."

"그렇다는 건?"

내가 되묻자 얼굴을 든 테트라 씨는 부드럽게 웃었다.

"내일 내가 촌장과 만나서 그 어두침침한 저택에 사는 마물을 마을 젊은이들과 함께 쓰러뜨려 보자고 얘기해 볼게. 인수는 많을수록 좋잖아?"

"예, 인원이 많으면 작전이 더 쉽게 성공할 겁니다."

테트라 씨의 제안에 아르크 씨가 대답했다.

마을 사람들의 협력을 얻게 되면 아르크 씨가 생각하는 작전의 성공률이 더욱 올라가는 건가.

그나저나 죽은 생물을 조종하는 마물이라……. 본체는 약할지도 모르지만, 그 본체를 에워싼 좀비들이 성가시다.

평소처럼 그냥 때린다고 쓰러져 주는 간단한 상대는 아니었다.

힘을 합쳐 네크로맨서 타도에 힘을 쏟아야만 했다.

그러기 위해 먼저 우리는 여행으로 지친 몸과 마음을 달래고자 즉각 휴식을 취했다.

＊＊＊

오랜만에 푹신한 침상에서 쉬었기 때문인지 여행의 피로도 상당히 풀렸다.

아마코도 주위를 신경 쓸 필요 없이 안심하고 쉴 수 있었을 테니 결과적으로 테트라 씨의 호의를 받아들인 것은 잘한 일이었다.

푹 자서 심신 모두 상쾌해진 나는 이른 아침에 집 밖으로 나왔다.

"자연환경이 좋으니 역시 경치도 다르구나."

어두운 밤하늘이 주홍빛으로 물들어 가는 풍경을 바라보며 나는 천천히 심호흡했다.

일출은 원래 세계와의 얼마 없는 공통점이다.

이 세계도 원래 세계와 마찬가지로 해가 뜨는 일출로 시작되어 해가 지는 일몰로 끝난다. 마법과 마물이 존재하는 판타지 세계에서도 그것은 변함없었다.

"뭐, 경치는 그만 보고 훈련하자."

경치에서 눈을 돌리고 준비 운동을 시작했다.

아침 훈련, 여행을 시작한 뒤로 줄곧 계속하고 있는 내 일과였다.

"좋았어."

일련의 준비 운동을 끝내고 근처 나무로 다가가, 3미터쯤 높이에 있는 다리통만 한 굵기의 나뭇가지를 올려다보았다.

나무줄기를 주먹으로 가볍게 때려 튼튼한지 확인했다.

응, 괜찮을 것 같다.

"흡……!"

머리 위에 있는 가지를 잡아 단숨에 몸을 들어 올리고 가지에 다리를 걸어 거꾸로 매달렸다.

그리고 복근 운동을 시작했다.

아마코가 본 미래 이야기를 듣고 동체의 근력 강화는 필수라고 생각한 끝에 고안한 훈련법이 이것이었다.

솔직히 효과가 있을지는 알 수 없다. 하지만 무의미하지는 않았다.

아마코의 예지를 차치하더라도, 열심히 훈련해야만 하는 이유가 생긴 것은 확실했다.

"흡…… 흡…… 흡."

네크로맨서라는 성가신 상대와 싸워야만 하니, 되도록 준비해 두고 싶었다.

일단 근력 트레이닝이다.

꾸준한 단련은 결코 배반하지 않는다.

깊게, 빠르게, 뜨겁게, 피로와 부하의 끝에 있는 성과를 위해 몸을 계속 단련하는 거다.

"잠깐, 완전 훈련바보잖아……!"

뭐, 새삼스럽나?

쉬지 않고 복근 운동과 치유마법을 되풀이한 지 수십 분…….

몸이 딱 알맞게 후끈해져서 나무에서 내려와 천천히 기지개를 켰다.

"으음~ 꽤 밝아졌네."

어느새 주위는 완전히 밝아져서 마을 전체가 잘 보였다.

"겉보기엔 평화로운 마을인데 말이야……."

좀비의 습격을 받았다고는 생각할 수 없을 만큼 평화롭고 조용한 곳이었다.

하지만 이 평화로운 마을을 공포에 빠뜨리고 있는 녀석이 있다.

"계속할까……."

고조되려던 정신을 심호흡하여 진정시킨 후, 다시 한 번 머리 위에 있는 가지를 붙잡고 이번에는 한쪽 팔로만 턱걸이를 했다.

"응?"

하지만 문 뒤에서 이쪽을 살피는 사람이 있음을 눈치채고 착지했다.

이렇게 이른 시간에 누구지? 문 쪽을 보니 저쪽도 내 시선을 알아차렸는지 조심스럽게 문을 열고 모습을 나타냈다.

"네아?"

"아, 죄송해요……."

밖으로 나온 사람은 네아였다.

"아~ 미안. 깨웠어?"

"예? 아, 아니에요! 저도 항상 이 시간에 일어나는데, 우사토 씨가 방에 없다는 걸 알고…… 그래서…….”

허둥거리는 네아를 보고 쓰게 웃었다.

“하하하, 진정해. 사정은 알았으니까.”

밖에서 훈련하고 있는 나를 알아차리고 보고 있었던 건가? 이 아이의 성격을 생각하면 언제 말을 걸면 좋을지 알 수 없어서 나오지 못했으려나?

천천히 심호흡하여 마음을 진정시킨 그녀는 흥미롭게 나를 보며 말을 꺼냈다.

“항상 단련하고 있는 건가요?”

“응, 맞아.”

“저기, 우사토 씨는…… 몸을 움직이면서 동시에 치유마법을 쓰고 있는 건가요?”

“음~ 조금 다르려나?”

처음에는 그랬지만 최근에는 다르다.

마왕군과 전투를 치른 뒤부터는 방침을 조금 바꿔서, 단련할 때는 치유마법을 쓰지 않고 있었다.

“치유마법은 피로도 고칠 수 있어서 지치지 않게 되지만, 상시 사용하는 건 마력 효율이 안 좋거든. 게다가 단련하는 맛이 안 나.”

“그럼……?”

“마법을 안 쓰고 훈련하다가 한계를 느끼면 치유마법. 그걸 반복하는 거야.”

이것이 올바른 방법인지는 알 수 없지만, 단련하고 있다는 실감은 듣기에 계속하고 있었다.

"치유마법을 그런 식으로 쓰다니……. 인간을 벗어날 만하네……."

"응?"

"아, 아무것도 아니에요."

들어서는 안 될 말을 들어 버린 것 같다.

설마 방금 그것이 본연의 모습? 얌전해 보이는 얼굴을 하고서 실은 신랄한 성격인가? 조금 놀라 버렸다.

"그러고 보니 우사토 씨는 어느 나라 출신인가요?"

"출신?"

느닷없는 질문에 고개를 갸우뚱했다.

그런 나를 보고 네아는 보충하듯 말을 이었다.

"우사토 씨가 어디서 왔는지 못 들어서요."

"아아, 그런 말이었구나. 출신…… 출신이라……."

이세계에서 왔다고 할 수는 없었다.

어느 정도 신뢰할 수 있는 사이였던 키리하 남매와는 달리, 어제 막 만난 그녀에게 이세계 소환에 휘말린 내 사정은 말하지 않는 편이 좋을 것이다. 미쳤다고 생각할 가능성이 있다.

"링글 왕국이야."

"먼 곳이네요……. 하지만 어째서 여행을 하고 계신 거죠? 이곳을 지나가던 길이었으니 목적지는 사마리알이겠지만, 상인으로 보이지는 않는데……."

"으음……."

어디까지 이야기하면 좋을까…….

일단 아마코의 엄마에 관해서는 말할 필요 없겠지.

그렇다면 마왕군의 위험성을 알리기 위해 서신을 전달하는 여행 중이라는 것만 말하면 충분하려나? 그렇게 생각하고 마왕군과 치른 싸움과 서신 전달 임무를 맡았다는 것을 간단히 설명했다.

내 이야기를 들은 네아는 감탄했다.

"중대한 여행이네요……."

"그래도 우리는 해야만 해. 이대로 아무것도 안 한다면 이 세계가 위기에 빠질지도 모르니까."

"마왕, 인가요……."

"이 마을에서도 마왕에 관한 얘기를 들어?"

"예, 무서운 존재라고 들었어요."

역시 믿는가 믿지 않는가는 둘째 치더라도 마왕이라는 존재의 영향력은 크구나.

실제로 네크로맨서도 그 영향을 받았을지 모른다.

지능 있는 마물이 일종의 폭주 상태에 빠져서 지금처럼 지독한 행동을 일으켰다…… 생각하고 싶지는 않지만 그 가능성도 염두에 두고서 이 사건에 임해야만 했다.

"마왕, 제가 태어나기 훨씬 전에 용사에게 봉인된 존재……."

"하하, 용사가 마왕을 쓰러뜨린 건 몇백 년 전이니까, 네아가 태어나기 전인 건 당연하지 않아?"

"……후후, 확실히 그러네요."

네아도 조금 얼빠진 말을 한다고 생각하며 그녀와 마주 보고 웃었다.

그런데 선배와 카즈키 이전의 용사는 어떤 사람이었을까?

지금은 옛날이야기 속 인물 같은 존재라서 알 방도는 없겠지만…….

"하지만 마족이 쳐들어온다고 생각하니…… 무서워요."

"마족도 막상 만나 보면 그렇게 무섭진 않아. 우리 쪽에서 맡고 있는 마족은 그저 지기 싫어하는 꼬맹이고."

지금은 구명단에서 구르고 있는 마족, 페름을 떠올리며 그렇게 말하자 네아는 깜짝 놀란 표정을 지었다.

"아마코 씨 같은 수인뿐만 아니라 마족과도 아는 사이인 건가요?"

"맞아. 사정이 있어서 우리 쪽에서 맡고 있을 뿐이지만. 그렇게 나쁜 아이는 아니야."

전장에서 모두를 공포에 빠뜨렸던 흑기사도 뚜껑을 열어 보니 과한 힘을 지녔을 뿐인 여자아이였다.

성격에 다소 난점은 있지만 말이지.

"조금 실례되는 말일지도 모르지만, 우사토 씨는 희한한 분이라는 생각이 들어요."

"자각하고 있어. 단장님, 이라고 할까 스승님 밑에 들어간 그때부터 난 진귀한 짐승이나 마찬가지였지."

내가 말해 놓고 슬퍼졌다.

진귀한 짐승이라니…….

"하지만 그런 우사토 씨가 부러워요."

"……부럽다고? 내가?"

이 세계에 온 뒤로 일상의 절반 이상을 훈련하며 보내고 있다고 해도 과언이 아닌 나를?

"여러 가지를 경험하고 있는 점이요. 평범하게 살면서 마족이나 수인과 만날 일은 거의 없으니까요. 그것과 비교하면 저는……."

네아는 어딘가 아련한 눈으로 먼 경치를 바라보았다.

응? 뭐지? 상황이 묘하게 흘러가는데…….

"저는 태어났을 때부터 줄곧 여기서 살고 있어요. 이 경치도 질리도록 봐서 익숙하고, 마을 사람들 집에 수저가 몇 개 있는지도 다 알아요. 그래서 외부에서 오는 사람들만이 제가 모르는 것을 가르쳐 주죠. 제 지식욕과 호기심을 만족시켜 줘요……."

"테트라 씨는 가르쳐 주지 않는 거야?"

그 사람, 꽤 인생 경험이 풍부할 것 같은데…….

내 말에 작게 웃은 그녀는 전혀 웃고 있지 않은 눈으로 이쪽을 보며 입을 열었다.

"철들었을 무렵부터 부모님이 안 계셨던 절 데려다 키워 주신 테트라 씨에게는 이것저것 배웠어요. 하지만 그것도 한계가 있죠."

확실히 아무리 풍부한 지식을 가지고 있어도 가르쳐 줄 수 있는 한계는 있을 것이다.

하지만 그것을 제쳐 놓더라도 지금 그녀에게서는 호기심 이상의 집착 같은 것이 느껴졌다.

"지식은 이 세계에 넘쳐 나는 보물……. 우사토 씨는 중요한 사명을 짊어지고 있긴 하지만 바깥 세계에서 자유롭게 살 수 있어요. 그래서 저는 당신이…… 부러워요.”

“…….”

무, 무거워.

나크에 이어 네아까지…….

나는 상담사가 아닌데 어째서 문제를 가지고 있는 사람과 만나게 되는 거야?

시골에서 탈출하고 싶은 젊은이의 심경인 건가? 대체 나보고 어쩌라는 거지? 치유마법으로 마음의 상처는 고칠 수 없어요.

표정을 굳힌 나를 보고 정신을 차렸는지 네아는 황급히 머리를 숙였다.

“아……! 이, 이상한 소리를 해서 죄송해요! 우사토 씨는 아무것도 잘못하지 않았는데…….”

“아냐, 나도 너무 무신경했어. 미안.”

더할 나위 없이 어색했다.

이게 다 네크로맨서 때문이다.

원인을 따지자면 그 녀석이 조종하는 좀비 때문에 외부인이 오지 않게 된 거고!

마음속으로 모든 책임을 네크로맨서에게 전가하며, 훈련으로 돌아가기 위해 그녀에게 말했다.

“그럼 난 훈련을 계속할게.”

“아, 네. 맛있는 아침을 만들어 둘게요!”

"기대할게."

네아는 마지막으로 가볍게 인사하고서 집으로 돌아갔다.

그녀의 등이 사라지는 것을 지켜본 나는 생각에 잠겼다.

"지식이라……."

아마 이 마을에는 만족스럽게 공부할 수 있는 곳이 없으리라.

그녀에게는 여행자나 상인들의 이야기조차 바깥 세계를 알기 위한 정보였을 것이다.

"밖으로 나가면 된다고…… 가볍게 말할 수는 없지."

그녀는 내 또래의 소녀다.

여자아이보고 도적이나 마물과 조우할지도 모르는 바깥에 혼자 나가라는 것은 너무나도 무책임한 말이다.

"내가 할 수 있는 건 네크로맨서를 쓰러뜨리는 것뿐인가?"

그렇게 중얼거린 나는 다시 머리 위에 있는 가지로 몸을 날려 훈련을 재개했다.

***

낮이 되자, 나와 아르크 씨는 촌장님이 사는 집을 방문했다.

아마코는 남들 앞에선 머리를 가려야 하기에 네아와 함께 두고 왔다.

의논은 나랑 아르크 씨, 테트라 씨, 촌장님, 마을 청년, 이렇게 다섯 명이 모여서 하게 되었다.

우리가 네크로맨서를 쓰러뜨리려 하는 경위를 사전에 테트라 씨에게 들었는지 별로 설명할 것 없이 의논이 시작됐지만—.

"우리로선 고마운 이야기이나, 솔직히 자네들을 그 마물과 싸우게 하는 건 승낙하기 어렵네."

훌륭하게 수염을 기른 노인, 촌장님이 떨떠름한 표정을 지으며 그렇게 말했다.

"그건 왜죠?"

"섣불리 네크로맨서의 역린을 건드리면 이 마을이 없어질지도 모르기 때문이야. 그리고 무엇보다 난 자네들이 얼마나 강한지 모르네."

어설프게 손대서 사태를 악화시키고 싶지 않다는 건가.

"어쩌죠? 아르크 씨."

나를 향해 고개를 끄덕인 아르크 씨는 촌장님에게 시선을 보내더니 부드러운 어조로 말하기 시작했다.

"저는 좀비가 싫어하는 불 계통 마법이 특기입니다. 그리고 옆에 계신 우사토 님은 혼자서 좀비 집단을 일방적으로 유린할 만한 신체 능력을 가지고 계시죠. 전투력만 따지자면 노련한 마법사를 능가한다고 해도 될 겁니다."

"그 좀비를……?!"

"이렇게 어린 아이가 좀비를 일방적으로……."

아르크 씨, 유린이라는 표현은 좋지 않다고 생각해요.

틀린 말은 아니지만 표현이 너무 안 좋아요.

저거 봐요, 촌장님과 마을 사람이 눈을 동그랗게 뜨고 날 응시하고 있잖아요…….

"테트라, 그게 정말인가?"

"내가 직접 보진 않았지만, 네아가 그 모습을 봤다는 모양이야."

"그 아이가 거짓말할 리는 없지……."

테트라 씨의 말에 촌장님은 팔짱을 끼며 끙 소리를 냈다.

"으으음, 자네들은 어떻게 네크로맨서를 쓰러뜨리려는 거지?"

"양동 작전입니다."

"양동, 작전?"

"예, 제가 미끼가 되어 좀비를 상대하는 사이에 우사토 님과 또 다른 동료가 좀비의 경계망을 빠져나가는 겁니다. 들키지 않고 저택에 잠입하면 네크로맨서를 찾아내는 대로 쓰러뜨리는 작전입니다."

의외로 심플한 작전이네.

단순하지만 그만큼 시행하기 쉽다.

"그렇게 간단히 저택에 들어갈 수 있을까?"

"그건 괜찮습니다. 다른 동료는 탐지에 뛰어난 마법을 쓸 줄 알기에."

여기서 아마코의 마법이 활약하는 건가…….

그녀라면 예지로 경비의 구멍을 빠져나갈 수 있을 테고, 저택 안에 있는 좀비들의 움직임도 어느 정도 파악할 수 있을 것이다.

그리고 양동 작전에 정신 팔린 네크로맨서의 배후에서 내가 거하게 한 방 먹이면 해결인 건가?

"어떻습니까? 승산은 충분한 작전이라고 생각합니다만……."

"……."

아르크 씨의 말에 촌장님은 한동안 말이 없었다.

나와 아르크 씨는 그의 대답을 기다렸다.

"우리는, 무력했네."

잠시 침묵이 흐른 후, 촌장님이 입을 열었다.

"힘이 없는 우리는 네크로맨서는커녕 좀비조차 쓰러뜨릴 수 없었고, 설령 좀비를 쓰러뜨리더라도 더 많은 좀비가 보복해 와서 많은 부상자가 나와 버렸지……."

"보복……."

"게다가 좀비 중에는…… 우리의 친척과 친구도 있어. 그런 그들을 상대하는 건 힘든 일이야……. 하지만 그보다도 내가 죽은 후, 죽은 내 몸이 손자, 아들, 아내, 친구, 내가 지켜 온 마을 사람들을 습격할지도 모른다는 사실이 무엇보다도 무서웠네……!"

촌장님이 가라앉은 목소리로 말하자 뒤에 있는 마을 청년도 침통한 표정을 지었다.

죽은 후, 자신의 몸이 알고 지내던 사람들을 공격한다.

그건 상상할 수 없을 만큼 무서운 일이었다.

"이제 지긋지긋해. 이 이상 그 괴물이 마음대로 굴게 둘 수 없어. 죽은 자는 편안하게 잠들어야 해. 우사토 공, 아르크 공, 부탁하네. 협력하게 해 주겠나?"

촌장님은 테이블에 손을 짚고 깊이 머리를 숙였다.

"더 바랄 나위가 없는 말씀입니다. 하지만 위험해지면 물러나 주세요."

잘 아는 사람들의 시신이 인형처럼 조종당하는데 그들과 싸우기까지 하는 것은 힘들 터…… 역시 네크로맨서의 능력은 너무 악취미다.

피해가 커지기 전에 응징해 두는 편이 좋겠어.

각설하고, 마을의 협력은 얻게 됐지만 한 가지 신경 쓰이는 점이 있었다.

"아르크 씨, 언제 저택에 숨어들 건가요? 낮인가요?"

"아뇨, 밤이 좋겠죠. 어두운 쪽이 우사토 님도 숨어들기 편하실 테고, 아마코 님도 움직이기 쉬울 겁니다."

그렇군, 수인인 아마코의 정체를 숨기기 위해서도 밤이 좋은가.

하지만 한밤중의 저택은 호러의 정석이었다. 네크로맨서가 근거지로 삼고 있음을 알고 있어도 무서운 건 무서웠다.

……그래도 할 수밖에 없어.

"그럼 오늘 밤에 습격하는 건가요?"

"예."

촌장님은 아르크 씨가 고개를 끄덕인 것을 보고 뒤에 있는 마을 청년을 돌아보았다.

"오늘 밤, 그 끔찍한 네크로맨서를 토벌할 거라고 마을 남자들에게 전해 줘. 하지만 강요는 하지 마. 싸울 각오가 있는 자만을 부르도록. 물론 너도 예외는 아니야."

"예. 그런데 촌장님은……."

"나는 마을의 수장으로서 싸움을 지켜보겠어."

"……알겠습니다! 모두에게 전달하고 오겠습니다!"

촌장님의 말에 고개를 끄덕인 마을 청년은 우리에게 가볍게 인사하고서 밖으로 달려 나갔다.

이것으로 마을 사람들의 협력은 얻게 됐다. 이제 밤까지 준비만 하면 된다.

네크로맨서와 싸울 뜻을 다시금 확고히 다진 나는 창밖으로 시선을 옮겼다.

"……."

여기서는 보이지 않지만, 이 마을 근처에 네크로맨서가 사는 저택이 있다.

앞길을 막는 것은 수많은 좀비. 그 전부가 강한 완력을 가졌으며 매우 튼튼하다.

하지만 그래도 내 적수는 아니다.

"기다려라, 네크로맨서."

좀비들은 아르크 씨와 마을 사람들에게 맡기자. 나와 아마코는 비열한 네크로맨서를 때려눕히는 거다.

나는 전의를 불태우면서도 평정을 가장하며 앞머리를 쓸어 올렸다.

"굉장한 형상이야…… 믿음직스럽군."

"정말로 로즈 님과 닮으셨습니다. 그래야 우사토 님이라고 할 수 있죠!"

나를 보고 무슨 생각을 했는지 촌장님은 전율했고 아르크 씨는 들뜬 목소리로 말했다.

믿음직스러운 형상이란 건 뭐야. 그리고 로즈와 닮았을 리 없잖아. 내 얼굴은 그렇게까지 무서울 리 없다고…… 아마도.

***

우사토와 아르크 씨가 테트라 씨와 함께 촌장과 이야기하러 나간 사이, 나는 네아와 함께 거실에서 기다리고 있었다.

네아와 테이블에 마주 앉은 나는 시선이 얽히지 않도록 고개를 숙였다.

침묵이 실내를 지배했다.

“…….”

“…….”

어색했다.

지금 눈앞에 있는 것은 우사토나 아르크 씨처럼 친숙한 사람이 아니라 어제 막 만난 참인 네아였다.

일단 어떤 느낌으로 말을 걸어야 할지 모르겠고, 애초에 내가 말을 거는 걸 달가워할지 걱정되었다.

나는 살갑지 못하니까 어쩌면 네아는 내게 좋은 인상을 가지고 있지 않을지도 모른다고 괜히 의심하게 되었다.

“아마코 씨는 어째서 우사토 씨와 함께 여행하고 있나요?”

“어?”

그렇게 마음속으로 갈등하고 있을 때, 홍차를 끓여 내 앞에 내

민 네아가 스스럼없이 말을 걸어 주었다.

"왜 그러세요?"

"아, 으, 어째서 우사토랑 같이 여행하냐고 물은 거지?"

이쪽을 들여다보는 네아에게 허둥지둥 대답했다.

그런 내 반응에 퍼뜩 놀란 네아는 황급히 손사래를 쳤다.

"아, 딱히 아마코 씨가 수인이라는 이유로 질문한 건 아니에요! 아마코 씨 같은 어린아이가 어떤 경위로 우사토 씨와 함께 여행하게 됐는지 궁금해서……."

"어린……, 아, 아냐, 딱히 신경 안 써."

나는 열네 살…… 열네 살이니까 어린아이가 아니다.

자기 암시처럼 그렇게 자신을 타이르며, 내가 왜 우사토와 함께 여행하고 있는지 생각해 보았다.

한 가지 이유는 우사토가 엄마를 도와주겠다고 약속해 줬으니까.

내 고향, 수인의 나라에는 깨어나지 않는 엄마가 있다.

사랑하는 엄마를 살리고 싶다.

다시 한 번 깨어난 엄마를 보고 싶다.

이 두 손으로 부둥켜안고 싶다.

그 마음 하나로 엄마를 구하기 위해 수인의 나라를 뛰쳐나온 내가 마지막으로 다다른 곳이 링글 왕국이라는 나라였다.

그곳에서 많은 다정한 사람들이 나를 도와주었다.

다른 나라와는 다르게 링글 왕국 사람들은 차별 없이 다정하게 대해 줬다.

그래도 엄마를 구하는 것을 포기하지 않았던 나는 치유마법사를 계속 찾았다.

링글 왕국에서 발견한 치유마법사 세 사람은 다들 성격이 달랐으나 다른 나라의 치유마법사와 달리 온정 같은 것이 있었다.

하지만 그래도 엄마를 돕기 위해 수인의 나라에 와 주는 사람은 나타나지 않았다.

그래서 그렇게 포기하려고 했을 때, 추격타를 날리듯 마왕군이 링글 왕국을 멸망시키는 예지를 보고 말았다.

그때는 정말 죽을 것 같은 기분이었다.

나를 받아들여 준 사람들이, 거리가, 나라가, 전부 불길에 휩싸이는 광경을 똑똑히 보게 됐으니까.

도망치는 편이 좋아.

죽고 싶지 않아.

모든 것이 물거품이 되어 버린다는 공포가 내 마음을 괴롭혔다.

하지만 그래도 나는 희망을 버리지 않았다.

링글 왕국에 오기 전의 나였다면 분명 내버리고 떠났겠지만, 다정함을 알아 버린 나는 포기하지 않고 희망을 계속 찾았다.

그렇게 희망을 버리지 않은 나는 드디어 만나게 됐다.

내 소중한 사람들을 지키고 구해 줄 사람을—.

그를 거리에서 봤을 때, 나는 처음으로 운명이 있음을 믿었다.

"돕고 싶은 소중한 사람이 있어. 그리고 함께 있고 싶은 사람이 있어. 그게 이유야."

"함께 있고 싶은 사람……인가요."

우사토와 함께하는 여행은 즐겁다.

그의 기상천외한 행동에 몇 번이나 깜짝 놀랐다.

그와 이야기하다 보면 내가 수인이라는 사실을 잊어버릴 정도였다.

"나는 고독이 무서워. 다시는 혼자가 되고 싶지 않아. 누군가의 다정함을 접하고 충족되어 버린 나는 분명 예전의 나보다 약해졌을 거야."

수인의 나라를 나왔을 때는 예지마법을 아낌없이 사용해서 뭐든 했다.

타국에 숨어들거나, 살기 위해 먹을 것을 훔치면서, 필사적으로 엄마를 살릴 수단을 찾으며 살아남았다.

"그 마음, 이해해요."

네아가 내 말에 동의하며 고개를 끄덕였다.

"저도 고독했어요. 하지만 그런 저도 주위 사람들 덕분에 이제껏 살아올 수 있었어요. 저는 고독을 견디지 못하는 마음이 나약한 것이라고는 생각하지 않아요."

"나약한 게 아니야?"

"인간도 수인도, 물론 마물도 전부, 버팀목이 없으면 살아갈 수 없어요. 필사적으로 허세를 부리며 혼자서 어떻게든 하려고 해도 언젠가는 허무하게 꺾여 버리죠. 그렇게 되면 혼자서는 원래대로 돌아갈 수 없어요. 이렇게 표현하면 좀 그렇지만, 삶이란 무언가에 의존해야만 형태를 유지할 수 있는 나약한 것이에요."

내가 말하기도 뭐하지만 겉모습보다 훨씬 달관한 말을 하는 사람이다…….

솔직히 꽤 의외였다.

눈이 동그래진 내 시선을 알아차렸는지, 울적한 얼굴로 말하던 네아는 뺨을 빨갛게 물들였다.

"테, 테트라 씨가 해 주셨던 말이랍니다!"

"……그래?"

조금 전의 퍼뜩 놀란 표정은 뭐였을까.

"그, 그러고 보니 우사토 씨는 항상 그렇게 이른 시간부터 몸을 단련하시나요?"

"우사토는 훈련바보니까."

오늘 아침에 훈련할 때 네아와 만났다는 것은 우사토에게 들었다.

그의 훈련을 보면 누구나 정상이 아니라고 느낄 것이다.

처음에는 평범한 훈련이지만 시간, 운동량, 페이스를 보다 보면 「응?」 하게 된다. 그리고 마지막에는 「우와……」 하게 된다.

"실례되는 말이지만, 우사토 씨는 정말로 치유마법사인가요? 사실은 다른 계통 마법사라든가, 그의 몸에 특별한 힘이 깃들어 있는 건 아닌가요?"

"아니. 틀림없이 우사토는 치유마법사고 인간이야, 아마도."

"아마도?!"

네아가 궁금해하는 것도 무리는 아니지만, 우사토의 계통은 확실히 치유마법이다.

치유마법은 문자 그대로 고치는 것밖에 못 한다. 평범한 계통 마법사가 사용할 줄 아는 무속성 마법도 쓸 수 없다.

그 무속성 마법에는 회복마법이라는 치유마법의 하위 호환이 있기에, 사용자도 적은 치유마법보다 누구나 다룰 수 있고 쓰기 편한 회복마법이 더 좋게 여겨지는 경향이 있었다.

"그가 어떤 경위로 그토록 강해졌는지…… 궁금해요."

"마법에 관심 있어?"

"네. 저는 마법을 다루지 못하지만, 알고 싶어서……."

"흐응, 학구열이 대단하네."

우사토의 강함의 비밀.

그건, 뭘까.

결코 꺾이지 않는 정신? 꾸준한 단련의 성과? 둘 다 맞다는 생각이 들지만 아닌 것 같기도 했다.

"나도 모르겠어."

"그런가요."

"신경 쓰지 않는 편이 좋아. 아마 이론적으로 생각해도 영영 답은 나오지 않을 테니까."

"후후, 마치 우사토 씨가 이론을 벗어난 존재 같네요."

"……."

어쩌지, 네아의 말을 들은 순간, 이론을 벗어난 괴물이라는 말이 머리를 스쳤어.

부정하려고 해도 부정할 수 없었다.

대답하지 못하는 나를 보고 네아는 눈을 동그랗게 떴다.

“응, 아무리 우사토라도 그렇게까지 터무니없진 않으니까…….”

“저로서는 그 좀비를 힘만으로 압도한 것도 놀라워요.”

“우사토와 여행하다 보면 그 정도로는 놀라지 않게 돼.”

“후후.”

네아는 손으로 입을 가리고서 고상하게 웃었다.

나도 작게 웃으며 그녀가 끓여 준 홍차로 손을 뻗었다.

“부러워요. 정말로…… 정말로.”

“어?”

아래를 본 순간 희미하게 들린 목소리.

수인의 귀가 아니었다면 듣지 못했을 법한 작은 목소리에 놀라서 얼굴을 들었다.

“응? 왜 그러세요? 혹시 입에 안 맞나요?”

“……아니, 아무것도 아니야.”

“그래요?”

조금 전에는, 잘못 봤을 것이다.

아까까지 즐겁게 웃고 있던 그녀가, 얼어붙을 듯 싸늘한 눈길로 나를 보다니…….

제4화 돌격! 한밤중의 저택!

밤이 되자, 햇빛은 사라지고 마을 주위는 어둠에 휩싸였다.

달이 구름 뒤에 숨어 있기도 해서, 집안에서 흘러나오는 불빛 말고는 완전한 어둠이었다.

평소라면 유일한 광원인 달빛이 없는 것에 음울해지겠지만 오늘 밤은 달랐다. 오히려 네크로맨서 토벌을 결행하기에는 절호의 기회였다.

"이렇게 많이 모일 줄은 몰랐어요."

마을 입구에서 촌장님과 마을 사람들을 기다리던 우리는 나타난 집단을 보고 깜짝 놀랐다.

촌장님을 필두로 십여 명의 마을 사람들이 네크로맨서를 쓰러뜨리기 위해 모여 준 것이다.

"다들 이 상황을 우려하고 있었으니 말이지. 하지만 우리끼리 맞설 만한 용기는 없었어. 이렇게 다시 싸울 뜻이 샘솟은 것도 그대들 덕분이야."

촌장님의 말에 쑥스러워하며 나도 한층 마음을 다잡았다.

마을 사람들의 협력을 얻기는 했지만, 내가 네크로맨서를 쓰러뜨리지 못한다면 그 분노는 그대로 마을 사람들에게 향할 것이다.

그렇다면 마음이 조금 아프지만 배회하는 좀비들의 사지를 으스러뜨려서 움직임을 봉쇄할 수밖에 없다.

가장 우선할 것은 마을 사람들의 안전이었다.

"촌장님, 말씀드리는 게 늦어졌는데 저는 회복마법이 특기예요. 그러니 네크로맨서 토벌 후라도 상관없으니까 부상자를 제게 데려와 주세요. 바로 고칠 수 있어요."

싸우기 전에 치유마법사라고 밝혀서 불안을 조장할 수는 없기에 회복마법이 특기라는 설정으로 가기로 했다.

"우사토 공……. 마음 써 줘서 고맙네."

부상자가 나와도 고칠 수 있는 사람이 있다는 안도감 때문인지 촌장님은 안도한 표정을 지었다.

나와 촌장님의 대화가 끝난 것을 가늠하여 이번에는 아르크 씨가 촌장님에게 말을 걸었다.

아무래도 오늘 밤의 작전을 그들에게 설명하는 것 같았다.

기사라는 직업상 집단행동의 노하우를 알고 있는 아르크 씨는 역시 믿음직스러웠다.

그렇게 생각하며 그들을 보고 있으니 후드를 푹 뒤집어쓴 아마코가 나를 올려다보며 말했다.

"우사토, 블루링은 안 데려가?"

"블루링은…… 마을 사람들이 무서워할 테니까 오늘 밤은 안 데려가. 그보다 마법 상태는 괜찮아? 오늘은 네 마법이 중요해."

"전혀 문제없어. 그리고 난 밤눈이 밝으니까 어두운 곳에서도 의지해도 돼."

"하하, 그거 믿음직한데?"

나도 링글 숲에서 익숙해졌다고는 하지만, 완전한 어둠 속을 거침없이 나아갈 수는 없었다. 그런 점에서 수인인 아마코의 눈은 정말로 믿음직했다.

"같이 싸우는 건 처음이네."

"응. 이런저런 일이 있었지만 처음이야."

이 아이와 함께 행동하는 일은 많아도 협력해서 어떤 일에 부딪치는 것은 처음이었다.

그녀의 예지마법이라는 강점을 살린 은밀한 작전. 나와 그녀의 호흡이 열쇠가 된다.

"너와 함께라면 무사히 성공할 것 같아."

"……그러네."

"어……?"

뭐야, 긴장한 건가?

평소라면 「우사토, 왜 그래? 기분 나쁠 정도로 솔직하잖아」라고 말했을 텐데, 돌아온 것은 예상과는 달리 공감하는 말이었다.

멋쩍어져서 한순간 말문이 막혀 버렸다.

긴장을 풀기 위해 농담이라도 할까.

"뭐, 네크로맨서의 실력이 들은 대로라면 그다지 애먹진 않을 테고, 만약 위기에 빠지면……."

"빠지면?"

"내가 널 업겠어."

"뭐?"

그렇게 싸늘한 너의 목소리를 듣는 건 처음이야.

오해하지 말라는 뜻으로 손사래를 친 후, 검지를 세운 나는 아주 친절하게 설명했다.

"네가 상대의 움직임을 예지하고 내가 움직여 공격한다. 단순하지만 무적의 콤비네이션을 발휘할 수 있을 거야."

"……."

"그러려면 네가 예지에 집중해야만 해. 움직이면서는 짧은 순간의 예지밖에 못 하니까, 내가 널 업고서 대신 움직이는 거야. 그리고 넌 적이 다음에 어떻게 움직일지, 뭘 할지, 내가 어떻게 움직이면 좋을지 나한테 지시하는 거지."

"……."

"반사와 예지로 단숨에 상대의 행동을 내다보고 최고의 일격을 때려 박는다. 즉, 너와 내가 팀을 이루면 최강이란 뜻이야."

"……."

"……미안."

결국 후드 안쪽에서 무표정하게 올려다보는 아마코의 시선을 견디지 못하고 사과하고 말았다.

유난히 빛나는 눈이 두드러져서 너무 무서웠다.

"우사토 씨!"

"응?"

갑자기 누군가가 날 불렀다.

목소리가 들린 쪽으로 눈을 돌리자 이리로 달려오는 네아의 모습이 보였다. 집안에서 비추는 불빛과 마을 사람들이 든 횃불이 있어서 어느 정도 밝게 보이지만 그래도 어둡다는 점은 변함없었다.

위태로운 발걸음으로 내게 달려온 그녀는 숨을 고르더니—.

"우사토 씨!"

"으엑?!"

돌연 안겨 들었다.

설마설마했던 갑작스러운 포옹에 당황을 넘어 오히려 냉정해져 버린 나는 곤혹스러워하며 주위에 도움을 구했다.

그러나 아르크 씨와 촌장님, 30~40대 마을 사람들은 흐뭇하게 우리를 바라보고 있었고, 나머지 절반인 20대 젊은이들은 원망스럽다는 시선을 보내왔다.

설마 이 세계에서 질투의 시선을 받게 될 줄은 꿈에도 몰랐다.

"우사토, 뭐 해? 응? 뭐 하는 거야?"

나를 올려다본 아마코는 무표정한 얼굴로 그렇게 말했다.

적어도 내가 직접 껴안은 게 아니라고 변명하고 싶다.

"우사토 씨, 저, 우사토 씨가 걱정돼서……!"

"……."

이런 건 내 역할이 아니야…….

이런 건 카즈키의 역할이라고요…….

이 상황을 이해할 수 없어서 그녀의 감촉이고 뭐고 느낄 여유도 없었다.

어째서 그녀는 갑자기 안겨 든 거지?

흔들다리 효과로 내게 반했을 리는 없다. 이 마을이 놓인 상황 속에서 그런 태평한 감정을 느낄 새는 없을 것이다.

첫눈에 반했다고 해도 분명 그것은 일시적인 미혹이다. 어제 만났을 뿐인 내게 보낼 감정이 아니었다.

"네아."

긴장하여 떨리는 목소리로 말하며 그녀의 어깨를 잡고 목에 둘린 팔을 풀었다.

글썽이는 호박색 눈동자와 눈이 마주쳤다.

마음이 요동치는 감각에 시달리면서도 분위기에 휩쓸리지 않도록 내심 기합을 다시 넣은 나는 똑바로 그녀에게 시선을 맞췄다.

"걱정하지 않아도 전 괜찮아요."

"……예?"

그녀는 눈을 크게 뜨고 곤혹스러워했지만 상관하지 않고 말을 자아냈다.

"마을 사람들을 괴롭히고 있는 네크로맨서는 제가 때려눕히겠어요. 그러니 안심하고 여기서 기다려 주세요."

"……고맙습니다! 정말로, 저희를 위해 이렇게까지 나서 주셔서……."

내 말에 어째선지 몹시 당황한 듯한 네아는 머리를 몇 번 숙이고서 그 자리를 떠났다.

"……하아."

조금 전의 포옹을 이누카미 선배가 알게 된다면 터무니없는 일이

벌어질 것 같다고 생각하는 반면, 굉장히 아까운 짓을 했다는 생각도 들었다.

특정한 여성에게 얻어맞고 차이고 매도당한 적은 있다. 하지만 끌어안긴다는 상냥한 대응은 받은 적이 없었다.

이 이상 생각하면 로즈에게 받은 처사에 눈물이 날 것 같아.

"아르크 씨, 슬슬 출발하죠."

"그러네요. 여러분, 준비는 다 되셨습니까?"

아르크 씨의 말에 마을 사람들이 용맹스럽게 외치며 횃불을 들었다.

기합은 충분하다. 이제 못된 네크로맨서를 쓰러뜨리기만 하면 된다.

***

저택으로 향하는 동안에는 기분 나쁠 만큼 좀비와 맞닥뜨리지 않았다.

저택 주위에 집중되어 있는 걸까? 아니면 자유롭게 풀어 두고 있는 건가?

아무도 다치지 않고 저택이 시야에 들어오는 거리까지 가게 된 점은 좋았다.

"저게 네크로맨서가 사는 저택……."

전방에 어렴풋하게 목적지인 저택이 보였다.

어둡고 음울한 분위기를 풍기는 저택이었다.

"우사토, 저택 주변에 좀비가 있어."

"얼마나?"

"셀 수 없을 만큼 많이."

아마코의 말에 얼굴을 찌푸렸다.

확실히 잘 보이지는 않지만 저택 주변을 돌아다니는 그림자 같은 것이 보였다. 이 숫자라면 정면으로 들어가는 것은 무리일 듯했다.

횃불을 들고 선두로 걷고 있던 아르크 씨가 멈춰 섰다.

"우사토 님, 여기서 헤어지죠. 작전대로 저희는 저택 정면에서 좀비를 유인하겠습니다. 두 분은 뒤쪽으로 저택에 침입해 주십시오."

"알겠어요."

고개를 끄덕인 나는 아마코 쪽을 보았다.

그녀는 이미 준비가 끝났는지 언제든 가도 좋다고 말하듯 자신 있는 눈으로 날 올려다보고 있었다.

"좋아. 아마코, 가자."

"응."

"우사토 공, 조심하게."

"여러분도 아무쪼록 무리는 하지 마세요."

촌장님과 마을 사람들에게 배웅을 받으며, 아마코와 함께 정비된 길에서 나무들이 우거진 어두운 숲속으로 들어갔다.

역시 어둡네. 무심코 소리를 내지 않도록 조심해야겠어.

"아마코, 앞장서 줘."

"응. 놓치지 말고 잘 따라와."

쓰고 있던 후드를 벗고 앞장서는 아마코를 따라갔다.

나도 언제 좀비와 조우해도 요격할 수 있도록 주먹을 쥐었다.

"우사토, 멈춰."

목소리를 낮춘 아마코의 말에 발을 멈추고 몸을 굽혔다.

잠시 후, 근처 수풀에서 바스락바스락 소리가 나더니 낮은 목소리와 함께 좀비가 지나갔다.

"……아마코가 없었다면 분명 들켰겠네."

역시 예지는 편리하구나.

아니, 그냥 편리한 게 아니라 심하게 편리해. 너무 의지하지 않도록 주의하자.

『우오오오오오!』

그때, 뒤쪽에서 남자들의 굵직한 목소리가 들려왔다.

시선을 돌리니 저택 입구에서 조금 떨어진 곳에 여러 횃불과 함께 고무하듯 소리치는 아르크 씨와 마을 남자들의 모습이 보였다.

근처를 지나갔던 좀비는 그 목소리를 듣고 아르크 씨 쪽으로 눈을 돌리더니, 불빛에 꼬이는 벌레처럼 느릿한 움직임으로 이동했다.

"……아르크 씨가 양동을 시작했나 봐."

"여기까지는 작전 성공이야. 이제 나랑 아마코가 얼마나 열심히 하느냐에 달렸어."

"응. 힘내자."

우리는 다시금 마음을 다잡으며 이동을 재개했다.

저택 뒤편으로 돌아가 좀비의 눈길이 닿지 않음을 확인한 후, 숲에서 나와 저택 창문 밑으로 다가갔다.

조용히 창문을 밀자 아무런 저항도 없이 열렸다.

"……잠겨 있진 않은 것 같아."

마물을 상대로 이런 말 하기도 뭐하지만 부주의하네.

함정일 가능성도 있지만 여기까지 와서 돌아간다는 선택지는 없었다.

아마코와 함께 저택 안으로 들어갔다.

들어간 방은 부자연스러울 만큼 깔끔해서 오히려 섬뜩했다.

숨죽이고 눈앞에 있는 문으로 다가가 아마코에게 눈짓하여 예지를 부탁했다.

고개를 끄덕인 그녀는 문 앞을 내다보듯 응시했다.

"문 앞에는 없어. 여길 나가면 복도가 있고…… 오른쪽으로 걸어가서 모퉁이…… 찾았다."

이 문 앞에는 복도가 있고, 그대로 나아간 모퉁이에서 좀비와 맞닥뜨린다는 건가.

"좋아, 그럼 그 녀석을 재빨리 무력화시키고 가자. 아, 그 전에……."

나는 창가로 걸어가 먼지 쌓인 커튼을 떼어 냈다.

그리고 그것을 어깨에 걸친 후, 다시 문으로 다가가 문고리를 잡았다.

"아마코, 오는 타이밍을 가르쳐 줘."

"맡겨 줘."

서로 고개를 끄덕임과 동시에 문을 열어젖히고 아마코가 지시한 복도 모퉁이로 이동했다.

이 시점까지 좀비가 나오지 않는다는 것을 알면 과감한 행동도 가능했다.

모퉁이에 잠복하여 아마코의 지시를 기다렸다.

"우사토, 지금이야!"

그녀의 말이 떨어짐과 동시에 망설임 없이 모퉁이에서 뛰쳐나갔다.

순간, 눈이 마주친 좀비의 양쪽 어깨에 주먹을 힘껏 두 방 때려 박았다.

"흡!"

"아……."

쾅, 양어깨가 터지며 충격으로 좀비의 몸이 뒤로 날아갔다.

이대로 벽에 처박을 수도 없기에 즉각 오른발을 크게 내디뎌 좀비의 살짝 떠오른 한쪽 발을 힘껏 밟았다.

"핫!"

강제로 그 자리에 고정된 좀비의 양쪽 무릎을 옆으로 차서 다리를 꺾었다.

마지막으로 어깨에 걸치고 있던 커튼을 좀비의 입에 감아 무력화시켰다.

"이거면 되겠지."

"—읍! —읍!"

눈 아래에는 사지가 부서진 채 커튼으로 입이 막혀 목소리도 내지 못하는 좀비가 구르고 있었다.

"……진짜 경악스러워."

순식간에 벌어진 일에 얼굴이 파래진 아마코가 그렇게 말했다.

"전혀 안 보였어. 좀비의 어깨 밑이 날아가더니 다음 순간에는 다리가 부러져서 지면을 구르고 있잖아. 우사토가 마침내 기합으로 좀비를 쓰러뜨린 줄 알았어……."

"넌 나를 어떤 생물이라고 생각하는 거야? 하하하, 그저 내 이미지에 눈과 몸이 따라왔을 뿐이잖아."

"눈이 전혀 웃고 있지 않아, 우사토."

으엑 하고 아마코의 입가가 일그러지는 것을 무시하고 바닥에 널브러진 좀비를 들어 올렸다.

확실히 무자비하게, 가차 없이 무력화시키고자 한다면 살아 있는 인간한테도 이 방식을 쓸 수 있다.

하지만 그렇다고 내가 사람을 상대로 진심으로 주먹을 휘두르는 일은 없을 것이다.

내가 이성을 잃거나 살의를 품지 않는 한은…….

"……서두르자."

포박한 좀비를 근처 방에 던져 넣고서 저택 수색을 재개했다.

좀비를 때린 감촉이 주먹에 남아 있었다.

좀비가 죄 없는 마을 사람들임을 알게 된 지금은 주먹에 전해지는 무게가 처음 상대했을 때와 전혀 달랐다.

"아아, 진짜…… 싸움은 나랑 안 맞아."

나는 그 무게에 짓눌리지 않도록 다시금 주먹을 단단히 움켜쥐었다.

저택 안은 생각보다 훨씬 넓었고, 맥 빠질 만큼 경비가 허술했다.

처음에 만난 것 외에는 좀비와 조우하지도 않았고, 배회하고 있는 것 같지도 않았다.

애초에 처음부터 아무도 없었던 게 아닐까 싶었지만, 어느 정도 관리된 내부를 보면 누군가가 청소하고 있음을 알 수 있었다.

"그나저나 여기 사는 녀석은 골동품 수집이 취미인가 보네."

복도 가장자리에 예쁘게 진열된 갑주를 주먹으로 콩콩 두드리고 어이없어하며 말했다.

같은 형태의 갑옷이 늘어서 있다면 이렇게 반응하지는 않았을 것이다. 우리 눈앞에 늘어서 있는 갑주는 전부 디자인이 달랐고, 게다가 들고 있는 무기도 검, 모닝스타 등 여러 가지였다.

그중에서도 커다란 갑옷이 들고 있는 무기가 한층 이채를 발했다.

"이건…… 창? 아니지, 할버드라고 하던가? 이렇게 커다란 무기, 평범한 사람은 들 수조차 없을 거야."

내 키를 거뜬히 넘을 만큼 기다란 길이에 도끼날이 달린 창, 할버드.

그 무기가 들려진 갑옷도 전체 길이가 2미터쯤 되는 상당한 크기였다.

갑옷, 무기의 종류에 전혀 공통점이 없었다.

"흡사 박물관이네."

엉뚱한 감상을 품으며 통로를 걷고 있는데 갑옷을 보고 있던 아마코가 입을 열었다.

"그렇게 오래된 건 아닌 것 같아. 내가 여행하면서 봤던 갑옷이 있어."

그렇다는 건 골동품이 아니라 비교적 최근에 만들어진 것이, 이유는 알 수 없으나 여기 놓여 있다는 건가?

갑옷 형태에 통일성이 없는 것은 단순히 이 저택 주인의 취미?

"아니면 아르크 씨가 말했던 그 소문과 관계있을지도……."

최근 몇 년 동안은 일어나지 않았다는 기묘한 행방불명 사건.

실력 있는 자들이 돌연 사라진다는 불가사의한 소문의 원인이 눈앞의 광경과 관계있는 것이라면 행방불명 사건도 전부 네크로맨서의 소행이라는 말이 된다.

하지만 그렇게 되면 한 가지 이해할 수 없는 점이 있다.

"왜 네아와 마을 사람들은 그걸 가르쳐 주지 않은 거지?"

물론 마을 사람들이 소문을 알고 있다는 것이 전제였다.

이 부근에서 몇 년 전까지 사람이 사라지는 사건이 일어났다면, 적어도 여기 사는 마을 사람들은 네크로맨서와 그 사건을 관련지었을 것이다.

하지만 들은 이야기만 보자면 그런 것은 전혀 모르는 듯했다.

"……잠깐만."

"왜 그래?"

생각에 잠겨 있는데 아마코가 발을 멈췄다.

뭔가 발견한 걸까?

"이 앞에 불 켜진 방이 있어……."

"불 켜진 방?"

마침내 네크로맨서와 마주할 때가 온 건가?

경계하며 복도를 나아가니 확실히 문틈으로 빛이 새어 나오는 방이 보였다.

"안에 네크로맨서가 있어?"

"……없어."

문 앞의 모습을 예지로 보았는지 아마코가 곤혹스러워했다.

우리를 눈치챘나?

일단 아마코에게 예지를 계속해 달라고 부탁한 후 문을 열었다.

맨 처음 눈에 들어온 것은 불을 밝힌 마도구의 작은 빛과…….

"뭐야……?!"

마치 도서관처럼 천장까지 닿을 듯 꽉꽉 들어찬 책들이었다.

개인이 소유하기에는 너무 많은 장서에 놀라며 방 안으로 발을 들였다.

"여긴 뭐지……? 서재인가?"

"전부 읽는 데 몇 년이 걸릴까?"

"분명 터무니없는 시간이 걸리겠지."

마도구가 놓인 테이블로 걸어가 눈길을 끈 책 한 권을 집어 들었다.

전체적으로 누렇고 너덜너덜한 책을 뒤집자 제목이 눈에 들어왔다.

"카……기의 용사 기록. 이게 뭐지?"

저자 이름인 것 같은 앞쪽 부분은 좀이 슬어서 읽을 수 없지만,

용사에 관해 기록한 책인 듯했다.

"책이라기보다 수첩이려나?"

용사라고 해도 선배나 카즈키가 아니라 선대 용사를 가리키는 것이리라.

흥미가 일어서 수첩을 펼쳐 보았다.

거칠게 다루면 바스러질 듯해 페이지를 신중히 넘겼으나 대부분 좀이 슬어서 읽을 수 없었다.

"읽을 수 없는 건가……. 뭐, 대충 훑어보는 걸로는 읽을 수 있는 것도 못 읽지."

그렇게 생각하고 수첩을 덮으려고 했을 때, 어떤 한 문장이 눈에 들어와 손을 멈췄다.

페이지 중앙의 부자연스러운 공백에 큼직하게 적힌 한 문장.

『그는 사람을 미워하고, 우리를 사랑했다.』

「그」라는 것은 선대 용사를 말하는 거겠지?

그럼 용사는 사람을 미워하고 다른 종족을 사랑했다는 건가?

애초에 여기 적혀 있는 것이 사실인지 아닌지도 알 수 없지만, 아무래도 신경 쓰이네.

"일단 가져가자."

도둑질 같은 행위에 죄책감을 느끼면서도 손에 든 수첩을 단복의 가슴 주머니에 넣었다.

"응? 이건……."

그리고 이번에는 수첩 근처에 놓여 있던 검은색 책을 집어 펼쳐 보았다.

"어라? 못 읽겠어…… 이상하네."

글자를 읽을 수 없었다.

이 세계의 글자를 어느 정도 이해하고 있는 나도 이 책에 적혀 있는 글자는 전혀 이해할 수 없었다.

"어떻게 된 거지?"

애초에 이 세계에 소환됐을 때, 우리에게는 언어 이해 마법이 걸렸을 터였다.

시험 삼아 다른 책을 봤지만 평범하게 읽혔다. 즉, 이 책이 이상하다는 말이었다.

"아마코, 이거 읽을 수 있어?"

"응? 이게 뭐야?"

근처에서 적당히 책을 보고 있던 아마코에게 검은색 책을 건넸다.

그녀는 책을 훑어보더니 경악한 표정을 지었다.

"말도 안 돼……."

"왜 그래?"

확연하게 심상치 않은 반응을 보이는 아마코에게 말을 걸자 그녀는 다소 떨리는 목소리로 대답했다.

"이거…… 마술(魔術)을 다룬 책이야."

"……마술? 넌 그걸 읽을 수 있는 거야?"

낯선 단어에 무심코 얼빠진 목소리로 되묻고 말았다.

"못 읽어. 하지만 못 읽기에 이게 마술책이라는 걸 알았어. 고향 서고에서 한 번 본 적이 있는데…… 그거랑 똑같아. 우사토, 이 책은 못 읽는 게 정상이야."

"못 읽는 게, 정상……?"

그럼 누구도 이해하지 못한다는 거 아닌가?

내가 고개를 갸우뚱하든 말든 아마코는 초조한 모습으로 책을 움켜잡았다.

"우사토, 이건 좋지 않아. 어쩌면 네크로맨서는 마술을 다루는 마물일지도 몰라."

"……그거 위험한 거야?"

"그냥 위험한 정도가 아니야……."

아마코가 위기감을 느낄 정도라는 건가.

동요하는 그녀를 보니 사태가 얼마나 심각한지 이해할 수 있었다.

원래 세계에도 마술이란 말은 존재한다. 어두운 이미지밖에 없지만, 이 세계의 마술은 내가 아는 것과 성질이 다른 것 같았다.

"먼저 마술에 관해 설명해 주지 않을래?"

내 말을 듣고 침착함을 되찾았는지 천천히 심호흡한 아마코는 작게 고개를 끄덕였다.

"마술은 마법과 마찬가지로 마력을 사용해 발동하는 거야."

"사용하는 에너지는 마법과 같구나……."

"하지만 마력을 사용한다는 점은 같아도 사용법이 전혀 달라. 마법은 방법만 알면 누구든 다룰 수 있지만, 마술은 이 마술책에 기록된 『술식(術式)』을 이해해야만 쓸 수 있어."

술식?

이 책에 적혀 있는 불가해한 글자를 말하는 건가?

"이런 걸 이해할 수 있는 거야? 조금도 읽을 수 없을 것 같은데……."

"그야 그렇지. 하루아침에 배울 수 있을 만큼 간단한 게 아니야. 습득하려면 최소한 50년은 걸려."

"50년?!"

그게 뭐야?! 습득하다가 할아버지가 되어 버리잖아!

심지어 「최소한」이라는 건 그보다 더 걸릴지도 모른다는 건가?

"인생을 걸고서 익히는 기술, 그게 마술이야."

"그딴 괴상한 걸 대체 누가 만든 거야……."

"적어도 만든 존재는 인간이 아니겠지."

인간의 수명 따위 전혀 고려하지 않은 시점에서 인간이 만들지 않았음은 명백했다.

"하지만 그렇게 시간을 들여 습득할 만한 가치가 마술에 있는 거야?"

"거의 없어. 하지만 습득하면 강력한 힘을 얻을 수 있는 건 분명해. 오히려 후천적으로 익힐 수 있다는 점이 마술의 얼마 없는 이점이라고도 할 수 있어."

"후천적이라고 해도 대가가 너무 크잖아……."

습득하고자 하는 인간은 어딘가 정신이 망가져 있을지도 모른다.

"하지만 나쁘기만 한 건 아니야. 마술은 마법과 달라서 한 가지 돌출된 분야에서 힘을 발휘할 수 있어."

"돌출된 분야?"

"마법은 어떻게 응용하느냐에 따라 사용법이 달라지지만, 마술은 쓸 수 있는 게 한정되어 있는 만큼 강력한 효력을 발휘해. 심지어 개중에는 시공이나 개념에 간섭할 만큼 엄청난 마술도 존재한다는 것 같으니까, 경우에 따라서는 일생을 바쳐 습득할 가치가 있을지도 몰라."

시공과 개념.

예를 들면 공간을 연결하거나 시간을 조작하는 걸까. 어떤 것이 있을지 전혀 떠오르지 않는다.

"터무니없네……."

이점만 생각한다면 응용력이 있는 마법이 편리하지만, 마술의 파격적인 능력도 얕볼 수 없었다.

"지금은 마술 따위 아무도 안 쓰니까, 이런 데서 이걸 보게 될 줄은 몰랐어……."

마술책을 근처 선반에 올린 아마코가 그렇게 중얼거렸다.

"아무도 안 써?"

"응. 옛날에는 마술도 계통 강화와 비슷한 것으로 여겨졌지만, 지금은 다룰 줄 아는 사람이라고는 한 명도 없어. 배울 수 있을지 불분명한 것에 시간을 들이기보다 지금 있는 마법을 통달하는 편이 몇 배는 의미 있으니까."

"그야 그렇겠지."

마술은 인간에게 결함뿐인 기술이었다.

애초에 습득 난이도만 봐도 인간이 습득할 것을 고려하고 있지 않았다.

하지만 지금 우리가 쫓고 있는 적은 인간이 아니다.

"네크로맨서의 수명은 어느 정도야?"

"인간보다 몇 배는 길다는 건 분명해."

"역시 그렇겠지."

마물이고, 인간보다 몇 배는 긴 수명을 가지고 있어도 이상하지 않았다.

"최악인 건 이 책에 어떤 마술이 적혀 있는지 알 수 없다는 점이네……."

"응. 어떤 마술인지 안다면 대책을 세울 수 있겠지만…… 어쨌든 네크로맨서가 마술을 쓸 줄 안다는 전제로 행동하자."

아마코의 말에 고개를 끄덕였다.

네크로맨서가 어떤 마술을 쓰는지는 모르지만 우습게 보면 안 된다는 것은 확실했다.

이번만큼은 루크비스에서 싸웠던 하르파 씨의 전투 방식을 참고하는 것도 나쁘지 않을 것이다.

상대가 마술을 쓰기 전에 치유 펀치를 급소에 때려 박아 즉각 침몰시키는 거다.

"좋아, 이 방법으로 가자."

"우사토, 슬슬 다른 곳을 찾으러 가자."

"그래, 알겠어."

아마코의 말대로 다른 장소로 이동하자. 여기에 네크로맨서의 단서는 더 이상 없을 것 같다.

……하지만 왜 이렇게 마음이 어수선한 걸까?

"조금 서두를까."

"응……."

마술이라는 불가사의한 존재가 우리에게 어떤 영향을 줄 것인가…….

나는 묘한 불안함을 느끼며 아마코와 함께 서재를 뒤로하고 네크로맨서 수색에 나섰다.

***

우사토 님과 아마코 님이 저택에 침입한 이후 조금 시간이 지났다.

나와 마을 사람들은 저택 주위의 좀비들을 모아 내 화염마법을 중심으로 쓰러뜨려 갔다.

다행히 누구도 다치지 않고 좀비들을 양동하고 있지만…….

"……이상해."

너무 순조로워서 불만인 것은 아니었다. 다만 좀비가 너무 우리 생각대로 움직여 주는 것에 위화감이 들었다.

그런 석연치 않은 위화감이 말로 표현할 수 없는 불안감을 안겼다.

"마치 시험당하고 있는 것 같아."

공격해 오는 좀비를 불꽃을 두른 검으로 벴다.

주위를 둘러보니 마을 사람들이 농기구로 좀비를 밀어내고 검을 든 자가 사지를 잘라 움직이지 못하게 하고 있었다.

좀비 대부분을 움직이지 못하게 만들었으나 좀비는 계속해서 나타났다.

이마에 맺힌 땀을 닦고 있으니 낡은 검을 든 촌장이 뒤에서 말을 걸어왔다.

"역시 대단하시구려, 아르크 공."

"아닙니다. 저 혼자서는 버거웠을 겁니다. 여러분이 계시기에 저도 거리낌 없이 검을 휘두를 수 있습니다."

마을 사람들 덕분에 배후 기습을 걱정할 필요 없이 눈앞의 좀비들과 싸울 수 있었다.

그리고 눈앞의 적에게 집중하며 싸울 수 있다면 전투에 서투른 나도 마을 사람들을 지킬 수 있다.

"우사토 공은 잘하고 있을지……."

"그라면 괜찮을 겁니다."

"……신뢰하고 있구려."

"물론입니다. 동료니까요."

나는 그가 마족들이 가득한 전장을 달린 전사임을 알고 있고, 어떤 상대에게도 굴하지 않는 강인한 정신을 가지고 있음도 알고 있다.

그런 그가 네크로맨서 따위에게 질 것이라고는 조금도 생각하지 않았다.

"그대가 그렇게까지 생각하다니, 그는 대체 뭐 하는 자인가?"

뭐 하는 자라…….

"그는 치유마법사입니다."

우사토 님은 자신이 치유마법사임을 숨겼지만 말해 버리자.

그에 대해 말하려면 치유마법사인 부분은 빼놓을 수 없었다.

그리고 우사토 님이 치유마법사라는 사실을 밝힌다고 해서 우리를 깔볼 만큼, 함께 싸우는 촌장과 마을 사람들이 박정하지 않다는 것은 알고 있었다.

"우사토 공은 치유마법사였나……."

"실망하셨습니까?"

"아니, 그럴 리 없지. 오히려 납득했네."

좀비를 쫓아내며 촌장의 말에 고개를 갸웃했다.

"그는 여기 오기 전에, 회복마법이 특기이니 다치면 고쳐 주겠다고 우리에게 말해 주었네."

"그랬죠……."

"그때 나는 가장 위험한 곳에 가는 그가 우리를 걱정해 준 것에 경악했네."

"하하하, 그게 우사토 님이니까요."

그것은 그에게 당연한 일이었다.

"아무렇지도 않게 그런 말을 할 수 있는 소년이 평범한 치유마법사일 리 없지. 분명 그는 그 젊은 나이에 커다란 벽을 넘었을 거야."

"예."

촌장의 말에 강하게 수긍한 나는 전쟁 때 보았던 우사토 님의 모습을 떠올렸다.

내가 구명단의 호위를 맡았을 때, 구명단의 거점에서 로즈 님과 우사토 님이 나란히 나서는 것을 목격했다.

로즈 님은 그 강함도 그렇고, 치유마법사로서의 실력도 그렇고, 링글 왕국에서 타의 추종을 불허하는 분이다.

그런 그녀 곁에 나란히 선 우사토 님은 아직 그녀만큼 강한『빛』이 느껴지진 않아도 확실하게 반짝이고 있었다.

두 사람이 나란히 선 모습은 그야말로 이상적인 스승과 제자를 나타낸 것처럼 보였다.

마법이 날아다니고 검이 휘둘리는 전장으로 나가려면 상당한 각오가 필요하다. 그래도 그는 로즈 님과 함께 전장으로 향했다.

그가 로즈 님과 함께 전장으로 달려가는 모습을 지켜본 나는 교차하는 만감에 전율했다.

생각건대 그것은 확신이었다.

"그는 우리와 링글 왕국의 영웅입니다."

진심으로 그렇게 생각한다.

그 덕분에 살아 있는 자가 있다.

울지 않은 자가 있다.

웃을 수 있는 자가 있다.

싸움에서 사람을 죽이는 것은 간단하다.

그러나 구하는 것은 어렵다.

그것을 할 줄 아는 그…… 아니, 그들은 틀림없이 영웅이다.

"저는 우사토 님과 함께 여행하게 되어 자랑스럽습니다."

이야기가 조금 길어졌군.

슬슬 원호하러 가도 좋을 무렵이리라. 만약 우사토 님이 네크로맨서를 발견하지 못하더라도 이쪽에서 눈에 띄게 움직인다면 두 사람에게 도움이 될 것이다.

등 뒤에 있는 촌장에게 저택으로 돌격하겠다는 취지를 전했다.

"촌장님, 여기 있는 좀비들을 쓰러뜨리는 대로 저택으로 돌입하죠. 아마 저택 안에도 좀비가 있을 겁니다."

"……."

"……촌장님?"

반응이 없는 것이 이상해서 돌아보려고 한 그 순간, 촌장이 내리쳤을 칼자루가 내 손목을 때려서 검을 떨어뜨렸다.

"……! 여러분, 무슨 짓을—?!"

갑작스러운 흉행에 경악하여 반사적으로 거리를 벌리려고 했지만, 이번에는 조금 전까지 함께 싸웠던 마을 남자들까지 내 손발을 붙잡았다.

"윽…… 큭! 어떻게 된 거지?! 배신…… 아니, 이건……?!"

팔을 붙잡은 촌장에게 말을 걸었으나 촌장의 눈은 공허했고, 노인이라는 것이 믿기지 않을 만큼 무시무시한 힘으로 제압당해 뿌

리칠 수가 없었다.

그건 다른 자들도 마찬가지였다.

"조종당하고 있는 건가……!"

마을 사람들이 우리를 함정에 빠뜨린 것이 아니다.

마을 사람들을 조종하고 있는 자가 우리를 함정에 빠뜨렸다.

그렇다면 마을을 방문했을 때부터 우리는……!

"……안 돼, 우사토 님!"

아직 저택에 있을 우사토 님과 아마코 님에게 경고해야 해……!

소리치려고 했지만 조종당한 마을 사람들에게 억눌려 무릎을 꿇렸다.

"큭……."

"생각했던 대로, 재밌어."

그때, 뒤에서 목소리가 들려왔다.

다가오는 발소리와 함께 들린 그 목소리에 나는 머리를 눌려 돌아보지 못하는 상태로 몸이 얼어붙는 듯한 감각에 빠졌다.

주위를 둘러싸고 있던 좀비들은 어느새 꼼짝도 하지 않고서 내 뒤쪽을 바라보고 있었다. 그 모습은 마치 주인의 명령을 기다리는 하인 같았다.

"산 자를 조종하다니?!"

그런 마물은 하나밖에 모른다.

하지만 이번 적은 네크로맨서다. 실제로 조종당하고 있는 좀비도 있다.

설마……!

“그렇게 된, 건가……!”

“아아, 훌륭해. 영웅이라니, 좋은 걸 들어 버렸어.”

“윽!”

이 이상의 발언은 허락하지 않겠다는 것인지, 구속하고 있는 자들 중 한 명이 머리를 눌러 강제로 목덜미를 드러냈다.

“후후후, 당신이 제일 성가실 것 같아.”

“그들에게, 손대지, 마……!”

억눌린 채 그렇게 말하자 뒤에 있는 **그녀**는 쿡쿡 웃었다.

“안심해도 돼. 나머지 두 사람도 똑같이 붙잡아 줄 테니까.”

뒤에서 다가온 그녀는 구속당한 내 목덜미에 이를 세웠다.

순간, 몸에서 힘이 빠져나감과 동시에 점점 의식이 몽롱해졌다.

“윽, 으……아…….”

목에 송곳니가 박히면 암시에 걸리고 마는 것이리라.

뒤에 있는 그녀가 내가 추측한 존재가 맞다면 의식의 유무와 상관없이 그녀의 꼭두각시가 되어 버린다.

하지만 더는 저항할 수 없었다.

“우사토 님…… 아마코 님……. 죄송, 합니다. 제가…… 내가 좀 더 빨리, 눈치챘다면…….”

사지를 억누르고 있던 구속이 풀려 땅에 쓰러졌다.

순간, 사라지려는 의식 틈으로 나는 눈동자를 피처럼 빨갛게 바꾸고서 무시무시한 미소를 짓고 있는 소녀의 모습을 보았다.

제5화 경악! 배신당한 신뢰!

서재에서 나온 우리는 저택의 방들을 샅샅이 조사하기로 했다.

샅샅이 조사한다고 해도, 방 앞에서 아마코에게 예지를 부탁하여 아무도 없으면 다음 방으로 가는 간단한 방법이었다.

밖에서 좀비의 발을 묶고 있는 아르크 씨를 생각하면 일일이 방 안을 뒤지고 있을 수 없기에 이 방법을 쓰고 있었다.

하지만 아무리 찾아도 네크로맨서의 모습은 보이지 않았다.

"아마코, 여긴?"

문 앞에서 몇 번째인지 모를 예지를 아마코에게 부탁했다.

잠시 문을 지그시 바라보던 아마코가 작게 고개를 가로저었다.

"여긴 너무 넓어서 문밖에서 예지해도 알 수 없어."

"그런가, 그럼 안으로 들어가서 직접 조사할까."

척 보기에 여기가 이 저택에서 가장 큰 방이었다.

3층 중앙의 가장 눈에 띄는 곳에 있는 방이라면 네크로맨서가 있을지도 모른다고 생각했지만 이곳에도 없을지 모른다.

조금 낙담하며 커다란 문을 열어젖혔다.

"오오, 꽤 넓은 방이네."

문 안쪽에 있던 것은 그저 크기만 한 홀이었다.

비싸 보이는 융단과 어둠 속에 어울리지 않게 자리한 샹들리에

가 이채를 발하고 있으나 그것 말고는 아무것도 없었다.
"아마코, 여기에는 숨을 만한 곳이 없어 보이니까…… 아마코?"
"……."
다른 방으로 가려고 했는데 옆에 있는 아마코가 홀을 보며 굳어 있었다.
"예지로 뭔가 보였어?"
"……."
"……괜찮아?"
"읏!"
반응하지 않는 아마코를 보고 불안해진 나는 그녀의 어깨에 가볍게 손을 얹었다.
그러자 그녀는 몸을 움찔 떨며 정신 차리고서 나를 올려다보았다.
"왜, 왜? 무슨 일 있어?"
"너야말로 왜 그래? 뭔가 예지로 본 거야?"
내 질문에 살짝 머뭇거린 아마코는 고개를 가로저었다.
"……아무것도 아니야. 조금 멍하니 있었을 뿐이야."
"몸 상태가 안 좋으면 사양 말고 말해. 네가 쓰러지면 나도 냉정하게 있을 수 없으니까."
"……응."
내 말에 기쁜 듯 고개를 끄덕인 그녀와 함께 홀을 뒤로했다.
정말로 괜찮은 걸까?
멍하다기보다 마음이 다른 곳에 가 있는 느낌이었기에 걱정되었다.

“찾을 수 있는 곳은 거의 다 둘러봤을 텐데…….”

방을 거의 다 찾아본 우리는 3층에서 1층으로 내려왔다.

“우사토, 아까 그 방…….”

“응?”

계단을 내려가는 도중에 아마코가 조심스럽게 말을 꺼냈다.

뭔가를 주저하는 듯한 목소리였다.

“아니, 아무것도 아니야.”

……아까 그 홀이 신경 쓰이는 걸까.

보기에는 그저 넓기만 한 방이었는데 뭔가 신경 쓰이는 점이라도 있었나?

고민하는 아마코를 곁눈질하며 지금 상황을 생각했다.

어쩌면 네크로맨서는 이미 도망쳤을지도 모른다.

어떻게 눈치챘는지는 모르겠지만, 서재에 불 켜진 마도구가 있었던 것을 보면 그 방에는 누군가가 있었고, 우리가 저택에 들어왔음을 알고서 쏜살같이 도망쳤다.

그렇게 생각하는 것이 자연스러우리라.

뭐, 이미 없다고 판단하기에는 너무 이르기에 수색은 계속할 거지만…….

“남은 건…… 여기뿐인가.”

장소는 1층.

나와 아마코의 시선 끝에는 바닥에 달린 문이 있었다.

“……식량 창고인가? 뭐, 어쨌든 열어 볼까?”

천천히 문을 열었다.

순간 먼지와 곰팡이, 그리고 뭔가 이상한 냄새가 지하에서 훅 끼쳐 왔다. 짐승 누린내와 썩은 내와 곰팡내를 합친 듯한 냄새에 얼굴을 찌푸렸다.

"콜록! 뭐야, 이거…… 박제라도 있는 건가? 아마코, 괜찮아?"

"괜찮아, 조금 냄새나지만……."

외투 자락으로 입과 코를 막은 아마코에게 보냈던 시선을 열린 문 안쪽으로 되돌렸다.

깜깜했다.

안 그래도 어두운 실내의 근소한 빛으로는 지하가 얼마나 넓은지 확인할 수 없었다.

일단 안을 들여다볼까.

어중간하게 열었던 문을 끝까지 활짝 열고 바닥에 손을 짚어 안을 들여다보았다.

지하는 어두워서 시선을 집중해도 아무것도 보이지 않았다.

"응? 뭔가 커다란 게 있네……."

보이지는 않지만 확실히 거기에 뭔가가 있었다.

……나보다도 밤눈이 밝은 아마코에게 봐 달라고 할까?

"아마코, 안쪽 좀 봐 줘. 아, 예지가 아니라 평범하게."

"응."

고개를 끄덕인 아마코는 나처럼 손을 짚고 어둠 속을 들여다보았다.

나한테는 거의 보이지 않았는데 아마코한테는 뭔가 보이려나?

커다란 존재감을 내뿜고 있는 것은 골동품 종류일 것 같지만…….

"—읏!"

"아마코?"

지하를 들여다보는 아마코를 본 순간, 갑자기 몸을 파르르 떤 그녀의 손이 미끄러졌다.

나는 황급히 그녀에게 손을 뻗었다.

"어이?!"

아슬아슬하게 목덜미 쪽 외투를 잡아 고양이처럼 들어 올린 나는 축 늘어진 그녀를 바닥에 내려놓았다.

"왜 그래? 너답지 않게…… 엇?!"

고개 숙인 아마코에게 말을 걸자 그녀는 갑자기 내 팔에 달라붙었다.

오늘은 사람한테 안기는 게 유행인가?

그런 엉뚱한 생각을 하며 뭐라고 한마디 빈정거리려고 했지만, 아마코의 몸이 떨리고 있음을 깨닫고 생각을 고쳤다.

"아마코, 왜 그…… 아니, 뭘 본 거야?"

"……!"

어지간히 충격적인 것이었는지 아마코는 내 팔에 얼굴을 묻은 채 말이 없었다.

이 아이가 이토록 무서워하는 것이 이 아래에 있다.

"……나도 확인해 둘까?"

마을 사람들에게 위험이 미칠지도 모르고.

아까 그 서재에 있던 마도구를 가져온다면 불빛은 확보할 수 있을 것이다.

아마코에게 팔을 잡힌 채 일어나려고 하니, 말이 없던 그녀가 한층 꽉 끌어안으며 나를 말렸다.

나를 올려다본 그녀의 눈은 공포에 사로잡혀 있었다.

"우사토…… 가면 안 돼……."

"하지만 어쨌든 이곳을 조사해야 하니까……."

"눈이, 마주쳤어."

……누구와?

아니지, 이 경우에는 무엇과, 인가?

"저건 생물이 아니야. 생물과는 다른 어떤 무서운 것이었어. 난 살면서 여러 가지를 봤지만 저렇게까지 끔찍한 건 본 적이 없어. 그러니까 가면…… 안 돼."

"……알겠어."

나는 매달리는 눈으로 호소하는 아마코의 뜻에 마지못해 따르기로 했다.

웬만하면 빨리 확인해야겠지만, 지금 이 아이를 내버려 둘 수는 없었다.

천천히 지하실 문을 닫고 다시 그녀에게 몸을 돌렸다.

"이제 괜찮아……. 다른 곳을 찾자."

"……."

실수했네.

몰랐다고는 하지만 충격적인 것을 보게 해 버렸다.

아무리 어른스러운 성격이라고는 해도 이 아이는 아직 열네 살 소녀였다.

"나도 아직 한참 멀었구나……."

나 자신의 부주의함에 넌더리를 내며 일어났다.

아마코도 꽤 진정됐는지 내 팔에서 손을 떼고 일어나더니 미안해하며 사과했다.

"고집부려서 미안……."

"신경 안 써. 새삼 그런 걸로 화낼 만큼 난 속 좁은 인간이 아니야."

"……항상 사소한 일로 화내는 주제에."

그건 네가 건방진 소리를 하니까 그런 거고.

입을 삐죽이며 그렇게 말한 그녀에게서 네크로맨서 수색으로 다시 의식을 되돌렸다.

"찾을 수 있는 방은 이제 거의 없어. 대충 확인을 끝내면 아르크 씨랑 합류하자."

그나저나 네크로맨서는 어디 있는 거지?

아니, 애초에 네크로맨서가 여기 있긴 한 건가? 하지만 이 저택에 누군가가 살고 있는 것은 확실했다.

네크로맨서가 조종하는 좀비 때문에 고통받고 있는 마을 사람들의 이야기가 거짓말이라고 생각할 수도 없었다.

"정말이지, 모르는 것투성이야……."

답답한 마음에 손으로 눈가를 짚었다.

"……어라?"

그때, 의아한 표정을 지은 아마코가 귀에 손을 댔다.

"왜 그래?"

"우사토, 아르크 씨 일행의 목소리가 안 들려……."

"뭐라고?"

밖으로 나가는 문을 보고 귀를 기울였다.

좀비들을 양동하고 있던 아르크 씨 일행의 목소리가 어느새 끊겼어?!

희미하게 들리던 전투 소리도 사라진 상태였다.

"좀비들을 대충 다 처리한 건가?"

"모르겠어. 그렇게 금방 쓰러뜨릴 수 있을 만한 숫자는 아니었을 텐데……."

생각하고 싶지 않지만, 아르크 씨가 좀비들에게 당했을 가능성도 있다.

불길한 예감이 든 나는 네크로맨서 수색을 중지하고 아르크 씨가 있는 곳으로 달려가기로 했다.

"예정 변경이야. 아르크 씨한테 가자!"

"응!"

우리는 뛰다시피 입구 쪽으로 향했다.

네크로맨서를 찾는 것도 중요하지만 동료와 마을 사람들이 더 소중하다!

입구 손잡이를 잡은 순간, 살짝 열린 문틈으로 마른 나뭇가지 같은 손이 여러 개 튀어나오며 대량의 좀비가 밖에서 밀려들었다.

"꺄아?!"

"칫! 잠복하고 있었나?!"

즉각 문과 함께 들이닥친 좀비의 복부에 앞차기를 먹였다. 정통으로 발차기를 맞은 좀비는 다른 좀비와 함께 바닥으로 나가떨어졌다.

"아마코! 가만히 있어!"

"뭐? 무슨, 엑?!"

그 틈에 굳어 있던 아마코를 안은 나는 뒤로 물러났다.

어느새 온 저택에서 좀비 소리가 울려 퍼지고 있었다.

어디 숨어 있었는지는 모르겠지만—.

"조금 흔들릴 거야!"

"왁?!"

일단 여기서 나가는 게 먼저겠지.

아마코를 옆구리에 낀 나는 달려드는 좀비를 피해 계단을 뛰어올라갔다.

다행히 위층에는 좀비가 숨어 있지 않았던 모양이라, 문을 걷어차 부수며 3층 홀로 뛰어들었다.

홀은 아까와 다름없이 한산했으며 좀비는 보이지 않았다.

"막다른 곳에 몰렸어, 우사토!"

이곳은 3층, 도망칠 곳은 없다. 지금 돌아가더라도 뒤에서 줄줄이 몰려드는 좀비에게 둘러싸이기만 할 것이다.

"하아……."

"어쩌지? 내가 예지해서 좀비가 적은 곳을 노려 탈출할까?"

"그럴 필요 없어. 그보다 더 손쉬운 방법이 있으니까."

숨어 있던 좀비의 위치를 보면 일부러 3층으로 향하도록 도주로를 만든 듯한 작위적인 의도가 느껴졌다.

하지만 전제부터가 틀렸다.

우리 스승님이 어떤 사람인데…….

이제 막 마법을 배운 나를 벼랑에서 내던진 귀축 악마라고. 3층 정도의 높이에 겁먹을 만큼 나는 연약하지 않아!

"크크크, 3층 정도로 몰아넣었다고 생각한 건가……."

"……잠깐만 기다려."

홀의 발코니 창문을 크게 열어젖힌 내게 아마코가 떨리는 목소리로 말했다.

안고 있는 그녀에게 눈을 돌리니 창백한 얼굴로 고개를 작게 휘휘 가로젓고 있었다.

"훗, 역시 너도 여자아이구나."

"여자든 남자든 관계없는 문제야!"

높은 곳을 무서워하다니 귀여운 구석도 있잖아.

하지만 이 상황을 벗어나려면 이 방법밖에 없으니까 깨끗하게 포기해 줘.

나는 안심시키기 위해 웃어 보였다.

"……거짓말이지? 우사토."

아마코의 표정이 절망으로 물들었다.

아마코를 옆구리에 낀 채로 착지할 수는 없기에 그녀의 등과 무릎을 양손으로 감싸 안은 나는 창문에서 조금 떨어져 도움닫기를 했다.

"걱정하지 마. 난 널 놓지 않아. 절대로."

"멋있게 말해도 이건 안 돼!"

"간다! 아마코! 혀 깨물지 않게 조심해!"

"내 말 좀 들어줘!"

나는 도움닫기를 하여 힘차게 3층 발코니를 뛰쳐나갔다.

아마코가 말로 표현할 수 없는 비명을 질렀다.

눈 아래에 좀비의 모습은 없었고, 그대로 저택에서 15미터쯤 떨어진 지점에 착지했다.

역시 두 사람의 무게를 발로만 지탱하는 것은 무리였는지 몸이 조금 찌릿찌릿했다.

"후우…… 탈출 성공."

품속에 있는 아마코와 내게 곧장 치유마법을 걸었다.

저택 주위에는 좀비가 없군.

"좀비는 대부분 저택 안에 있나 봐. 이 틈에 다른 사람들을 찾자. 설 수 있겠어?"

"무서, 무서워워워……."

"……가엾게도."

어지간히 좀비가 무서웠구나. 응, 어쩔 수 없지.

착란 상태에 빠진 아마코를 내려 주고 마을로 가는 길 쪽을 보았다.

"대체 다들 어디 간 거지?"

아르크 씨가 우리를 두고 이곳을 떠날 리는 없다. 무언가 문제가 생겼을 것이다.

주의 깊게 주변을 경계하고 있으니 숲 근처에 쓰러진 사람이 보였다.

"아르크 씨?!"

목에서 소량의 피를 흘리며 죽은 듯이 잠든 아르크 씨가 그곳에 있었다.

황급히 그의 곁으로 달려가 치유마법을 걸었다.

"괜찮으세요?!"

치유마법으로 완쾌시켜도 일어날 기미가 없었다.

심지어 말을 걸 때마다 무언가에 시달리듯 신음했다.

그의 목에는 마치 뭔가에 물린 것 같은 상처가 있었다.

"아르크 씨에게 무슨 일이……. 마을 사람들은 어디 간 거야?"

아르크 씨는 있지만 마을 사람들의 모습은 어디에도 보이지 않았다.

"그 사람들은 도망쳤을지도 몰라. 그래서 아르크 씨 혼자……."

"……."

씁쓸한 표정으로 그렇게 중얼거린 아마코의 말을 부정할 수 없었다.

도망쳤나…….

가장 그럴듯한 가능성은 아르크 씨가 마을 사람들을 보내고 혼자서 싸웠다는 것이다.

그리고 좀비에게 정신이 팔린 사이에 예기치 못한 강적이 나타났다…….

하지만 그렇다고 하기엔—.

"……!"

거기까지 생각했을 때, 근처 수풀이 부스럭거렸다.

"좀비인가?!"

주먹을 들었으나, 수풀에서 나온 것은 도망친 줄 알았던 마을 사람들이었다.

마을 사람들의 모습을 본 아마코는 곧장 내 뒤에 숨어 후드를 뒤집어썼다.

"촌장님! 괜찮으셨던 건가요?!"

"그, 그래…… 그보다 아르크 공은……."

"상처는 고쳤지만 지금으로선 뭐라고 할 수 없는 상태예요. 그보다 무슨 일이 있었던 거죠?"

내 물음에 촌장님은 얼굴을 찡그렸다.

촌장님이 말하길, 좀비들을 격퇴하고 있는데 배후에서 다른 마물이 공격해 왔다고 한다.

그 마물은 매우 강해서 마을 사람들이 든 무기로는 감당할 수 없었다는 모양이다.

마을 사람들의 안전을 우선한 아르크 씨는 촌장님에게 도망치라고 한 후 홀로 그 마물과 싸웠다는 것 같다.

"미안하네! 우리의 힘이 부족하여 아르크 공이 다치고 말았어……!"

비탄에 잠긴 촌장님의 말에 나는 위화감을 느꼈다.

확실히 아르크 씨라면 마을 사람들의 안전을 우선할 것이다.

하지만 이 이야기는 사실일까?

아르크 씨는 링글 왕국의 성문을 맡고 있었던 사람이다. 지키는 것에 긍지를 가진 그가 진심으로 싸운다면 자신의 화염마법을 아낌없이 사용하여 마을 사람들을 지키려고 했을 것이다.

하지만 주위에는 부자연스러울 만큼 싸운 흔적이 없었다. 그가 좀비와 싸울 때 보였던 그 화염검이라면 지면에 탄 흔적이 남을 터였다.

게다가 그의 목에 난 상처는 쇄골 쪽에 있었다. 그 강한 마물이 그의 목을 물었다면 뒤에서 습격했다는 말이 된다.

아르크 씨가 그렇게 간단히 배후를 내줄 것이라고는 생각할 수 없었다.

"……여긴 저희에게 맡기고 먼저 마을로 돌아가 주세요. 아르크 씨는 제가 옮기겠어요."

"우, 우사토 공은……."

"아직 네크로맨서를 못 찾았어요. 그리고 아르크 씨를 덮친 마물도 근처를 돌아다니고 있을 가능성이 있어요. 아르크 씨가 허를 찔릴 만한 상대예요. 여러분을 지키며 싸우는 건 제게도 어려울지 몰라요."

그렇게 말하자 촌장님과 마을 사람들은 당황했다.

습격받을 것이 걱정되기 때문인지, 아니면 내가 예상 밖의 행동을 취했기 때문인지는 알 수 없었다.

지금 내가 해야 할 일은 아르크 씨와 아마코를 누구도 찾지 못할 수풀에 숨기고서 좀비들이 마을에 보복하러 오지 않도록 사지를 으스러뜨리는 것이었다.

내키지 않지만 해야 할 일은 해야만 했다.

"자, 어서 마을로 돌아가 가족들을 안심시켜 주세요."

"……."

"응?"

대답이 없었다.

의심스럽게 여긴 그 순간, 몸통과 팔다리가 무언가에 붙들린 듯 굳었다.

"……읏, 뭐야?!"

몸이 안 움직여?

정확히는 목 아래쪽이 전혀 움직이지 않았다.

몸을 바라보니 보라색으로 빛나는 검은 문양이 온몸에 퍼져 있었다.

그 문양은 내 몸을 옭아매듯 움직이며 단복뿐만 아니라 신발까지 덮고 있었다.

이게 뭐야?!

"읏! 우사토, 어떻게 된 거야?!"

내 이변을 눈치챈 아마코가 옆으로 다가왔다.

하지만 어떻게 된 것인지 근처에 있던 마을 사람 몇몇이 갑자기 그녀에게 달려들었다.

"아마코!"

"읏?!"

내 목소리를 듣고 마을 사람들의 이변을 알아차린 아마코는 순간적으로 물러나 마을 사람들의 손을 피했다.

어째서 마을 사람들이……?!

젠장, 아마코를 돕고 싶어도 몸이 안 움직여……!

"우사토! 이 사람들, 의식이 없어!"

"뭐? 그럼 조종당하고 있는 거야?!"

네크로맨서는 망자만을 조종할 수 있다.

하지만 마을 사람들도 촌장님도 분명하게 살아 있는 인간일 터—.

"후후후……."

"……!"

촌장님의 목소리도, 마을 사람의 목소리도 아니었다.

웃음소리가 들린 방향으로 시선을 돌렸다.

나와 아마코가 뛰어내린 3층 발코니.

"읏!"

마치 처음부터 거기 있었던 것처럼 발코니 난간에 앉아 있는 인영은 움직이지 못하는 나를 비웃듯 발을 흔들고 있었다.

그때 구름에 가려져 있던 달이 모습을 드러내 저택 전체를 비추면서, 발코니에 앉은 인영의 모습이 확실하게 드러났다.

"네아……?"

"네, 우사토 씨♪"

웃는 얼굴로 이쪽을 바라보는 소녀는 네아였다.

하지만 그녀의 머리색은 칠흑색으로 바뀌어 있었고, 그 눈동자도 어둠 속에서 괴이하게 빛나는 빨간색으로 변해 있었다. 복장도 검은색 드레스로 바뀌어서 분위기가 딴판이었다.

그런 그녀를 보고 나는 곤혹을 감출 수 없었다.

"어째, 서, 네가……."

"보면 몰라?"

네아가 도발적으로 대답했다.

저 저택은 조금 전까지 우리가 네크로맨서를 찾던 곳이다.

그녀가 거기 앉아 있다면 답은 하나밖에 없다.

"네가, 아르크 씨를 이렇게 만든 건가……?"

"후후후, 생각보다 냉정하네? 좀 더 허둥거릴 줄 알았는데."

허둥거리고 싶어도 영문 모를 무언가가 몸을 결박하고 있어서 불가능하다고.

하지만 몸이 움직이지 않는 이 상황은 위험하다.

마을 사람들이 네아에게 조종당하고 있다면, 움직일 수 없는 나는 저항 따위 할 수 없다.

나는 뒤에 있는 아마코에게 말했다.

"아마코, 도망쳐!"

"무, 무슨 소리야! 지금 내가 도망치면 우사토가……."

"나는 됐어!"

"읏, 안 돼! 우사토가 없으면, 나는……."

걱정해 주는 것은 기쁘지만, 아마코가 움직이지 못하는 나를 옮겨 이 자리를 벗어나는 것은 불가능하다.

"얼른 여기서 벗어나! 나랑 아르크 씨가 움직이지 못하는 이 상황에서, 뭘 어떻게 할 수 있는 녀석이 더 있겠어?!"

"크, 으…… 알겠어!"

의도가 전해졌는지 당황하면서도 고개를 끄덕인 아마코는 그대로 마을 쪽으로 달려갔다.

조종당하고 있는 마을 사람들은 그 자리에서 움직이지 않았다.

곁눈질로 마을 사람들을 살핀 후 저택 발코니에 기분 좋게 앉아 있는 네아에게 시선을 옮겼다.

"안 쫓아가도 돼?"

"음~ 저 애는 나중에 잡아도 돼. 수인 아이는 흥미롭지만, 감지에 뛰어나서 말이지."

그런가…… 네아는 아마코의 마법을 모르는구나.

비밀로 해 둬서 다행이다.

만약 알았다면 제일 먼저 아마코가 노려졌을지도 모른다.

"그래서, 나한테 무슨 짓을 한 거야?"

“그저 몸의 움직임을 봉쇄했을 뿐이야. 좀비와 그들만으로는 어떻게 기습해도 널 제압하기 어려우니까.”

그렇게 말한 그녀는 자신의 손바닥을 자랑스럽게 보여 주었다.

그 손바닥 위에는 내 몸을 휘감고 있는 문양과 똑같은 것이 떠올라 수상하게 빛나고 있었다.

“그건…….”

“이건 『구속의 주술』이란 거야. 만들기 아주 아~주 힘들지만, 시간을 들인 만큼 대상을 단단히 옭아맬 수 있지.”

대상을 단단히 옭아맨다?

그걸로 내 몸을 구속했다는 건가?

“진짜 힘들었어. 내가 담을 수 있는 마력을 거의 한계까지…… 시간으로 따지면 여섯 시간! 그만큼 시간을 들여서 만든 거니까. 뭐, 내가 무슨 말을 하고 있는 건지 넌 모르겠지만.”

네아는 손바닥의 문양을 지우더니 그대로 3층 발코니에서 가볍게 뛰어내렸다.

지면으로 내려오는 와중에 그녀는 등에서 새까만 박쥐 날개 같은 것을 꺼내 사뿐히 내려섰다.

그것을 보고 저 아가씨가 인간이 아님을 확실하게 이해했다.

이 구속의 주술이란 것은 여기 오기 전에 그녀에게 안겼을 때 걸렸으리라.

그 타이밍에 갑자기 포옹하다니 이상하다고는 생각했지만, 이 주술을 걸기 위해 안겨 들었다고 생각하니 충격적이었다.

"그렇군, 이게 마술이란 건가? 들은 대로 꽤 강력하네."

하지만 강력한 위력만큼 그에 상응하는 수고가 필요한 듯했다.

내 움직임을 막기까지 들인 노고를 생각하면 상당히 쓰기 어려워 보였다.

내 몸을 보며 냉정하게 마술에 관해 고찰하고 있으니 어리둥절한 표정을 지은 네아가 고개를 갸웃했다.

"……왜 네가 마술을 알고 있는 거야?"

……음, 그러니까…….

"서재에 여봐란 듯이 마술책이 놓여 있었고, 불도 켜져 있었으니까……."

"……말도 안 돼, 불 끄는 걸 깜박했나?"

"뭐?"

"아무것도 아니야. 설명할 필요는 없는 것 같네. 맞아, 난 마술을 다룰 줄 아는 마물이야."

뭔가 얼빠진 구석이 있는 아이네.

적이지만 조금 귀엽다고 생각해 버렸다.

하지만…….

"하필이면 네가 마물인가."

마을에서는 평범한 소녀였던 아이가 사실 마물이었다는 사실에 충격을 감출 수 없었다.

아니, 이렇게 눈앞으로 걸어온 지금도 인간으로만 보였다. 그녀는 내 당혹감을 즐기듯 가련하게 웃으며 자신을 가리켰다.

"사람과 똑같이 생긴 마물도 있어. 수는 적지만 말이야."
"그럼 네가 네크로맨서……인 건가?"
"반만 정답이야. 평범한 네크로맨서가 살아 있는 인간을 조종할 수 있을 리가 없잖아?"
실제로 마을 사람들은 살아 있는데 조종당하고 있었다.
이미 죽었을지도 모른다는 생각도 했지만, 우리가 촌장님과 이야기했을 때, 그들은 확실히 살아 있었다.
하지만 로즈가 준 책에 사람을 조종하는 마물은 실려 있지 않았다.
"나는 반은 네크로맨서고 반은 다른 마물이야."
"반은 다른 마물……? 그런 게 가능해?"
"꼭 동족끼리만 아이를 가지는 건 아니거든. 난 특례 중의 특례, 죽음과 마(魔)를 조종하는 네크로맨서 엄마와, 삶과 지배를 관장하는 마물인 아빠 사이에서 태어난 최강의 마물이야."
삶과 지배를 관장하는 마물?
거창하지만 한 가지 짚이는 마물이 있었다.
살아 있는 인간을 조종하고, 박쥐 같은 날개를 지녔으며, 목에서 피를 빠는 괴물.
"듣고 놀라지 마. 나는 네크로맨서와 흡—."
"설마 흡혈귀라는 건 아니지?"
"……."
"……미안."
웃는 얼굴로 굳어 버린 네아를 보니 미안한 마음이 들었다.

네크로맨서와 흡혈귀의 피를 이어받았다면…… 확실히 최강의 마물이다.

아니, 우리에게는 최악의 마물인가…….

원래 세계의 공상 속 흡혈귀와 이 세계의 흡혈귀가 비슷한 특징을 지니고 있다면 피를 빠는 것 말고도 엄청난 괴력이나 변신 능력을 가지고 있을지도 모른다.

"후, 후후, 정말로 넌 별난 인간이야. 이렇게 움직임을 봉쇄당한 상태인데도 날 전혀 무서워하지 않는 것 같아. 이런 상황임에도 불구하고 날 동요시키려고 하다니."

"너무 치켜세우지 마. 난 대단한 인간이 아니야. 어디에나 있는 평범한 치유마법사야."

이보다 더 무서운 존재와 한 지붕 아래에서 지냈기에 공포에 내성이 생겼을 뿐이다.

내 말의 어떤 부분이 웃겼는지 풉 하는 소리를 낸 네아는 입을 가리고 웃기 시작했다.

"네가 대단한 인간이 아니라고? 그건 아니지. 순수한 신체 능력만으로 내 하인을 쓰러뜨리다니 예삿일이 아니야. 내 참(charm)에도 저항하고, 진짜 터무니없어."

"참……?"

"매혹. 내 흡혈귀 능력이야. 대부분의 사람들은 이거에 바로 넘어와서 해롱거리는데, 넌 얼마나 정신력이 대단한 거야? 보통은 버틸 수 있을 리가 없다고."

그렇다는 건 그때 느꼈던 두근거림은 전부 그 능력 때문이라는 건가?

…….

"뭐 이런 마물이 다 있어! 용서할 수 없어!"

"엇, 잠깐……. 왜 속은 것보다 더 화내는 거야?"

내 순박한 마음을 가지고 놀았다는데 이런 반응이 안 나올까!

맨 처음 좀비한테 습격받았을 때부터 그녀의 자작극은 시작됐던 것이다.

그것에 보기 좋게 걸려 버린 우리는 제대로 함정에 빠지고 말았다.

"……날 대체 어쩔 셈이지?"

"내 이야기 상대로 삼을 거야."

"이야기 상대? 너의?"

"그것 말고 뭐가 있겠어?"

아니, 그런 이유로 이렇게까지 공을 들일 리가 없다. 뭔가 다른 의도가 있을 것이다.

설마……?!

"날 식재료로 삼거나, 치유마법을 쓸 수 있다는 걸 이용해 무한 혈액 탱크로 삼으려는 건가……! 역시 흡혈귀, 하는 짓이 잔인해!"

"네 피해망상이 더 무섭거든? 아무리 나라도 그렇게까지 소름 끼치는 생각은 안 했어……."

평범하게 질겁한 눈길을 받아 버렸다.

이 모습을 보면 정말로 날 잡아먹을 생각은 없는 모양이다.

"그럼 정말로 나를 이야기 상대로 삼기 위해 이런 짓을 한 거야?"

"아까 그렇게 말했잖아. 애초에 흡혈귀인 내게 피는 분명 맛있지만 그렇게 잔뜩 먹고 싶진 않아. 말하자면 피는 술이야. 가끔 마시니까 맛있는 거잖아?"

아니, 나한테 동의를 구해도…….

술을 마셔본 적이 없는 나는 그 기분을 이해할 수 없었다.

"흡혈귀의 주식은 피가 아니었구나."

"나도 평범한 인간과 마찬가지로 먹고 마셔. 오히려 피는 전부 똑같아. 신선도의 차이만 있을 뿐이야. 다 똑같은 맛이 나는 걸 주식으로 삼다니, 제정신이라면 그렇겐 못 하지."

흡혈귀의 이미지가 와르르 무너지는 발언이다…….

"뭐, 그건 내가 절반만 흡혈귀라 그런 건지도 모르지만."

"절반 다르다고 해서 그렇게까지 바뀌어……?"

"그래. 누가 뭐래도 나는 흡혈귀의 약점도, 네크로맨서의 약점도 물려받지 않고 강점만을 가지고서 태어난 존재니까."

"……강점만을……."

네크로맨서는 모르겠지만 흡혈귀의 약점으로 유명한 햇빛, 흐르는 물, 마늘도 통하지 않는다는 건가.

생각보다 더 성가신 상대에게 붙잡혔다. 이 상황을 어떻게 타개한담…….

"……붙잡혀 있는 상황인데 상당히 여유롭네?"

네아는 손을 뻗으면 닿을 만한 거리까지 다가와 나를 빤히 올려다보았다.

그리고 내 뺨에 천천히 손을 가져다 댔다.

"나랑 이야기하고 싶을 뿐이라면 이렇게까지 할 필요는 없잖아. 평범하게 부탁하면……."

"그치만 넌 바로 이곳을 떠나 버릴 거잖아?"

"……."

"너처럼 기상천외한 인간은 드물어. 좀비를 신체 능력만으로 때려눕히고, 나라의 중대한 사명을 짊어지고, 동료에게는 영웅이라고 칭송받는 인간은 그리 많지 않아. 그래서 이렇게까지 공들여서 술수를 부린 거야."

나는 완전히 그녀의 마음에 들어 버린 모양이다.

네아는 내 뺨에 손을 댄 채 나와 시선을 맞추었다.

"난 지식을 원해. 종이나 책에 적힌 것이 아니라, 사람이 『인생』이라는 여행을 하며 축적한 기억을 알고 싶어. 하지만 아무나 다 좋은 건 아니야. 난 네가 궁금해. 네가 어떤 인생을 살았고, 어떤 시련을 거쳐, 어떤 경위로 그렇게 남다른 힘을 손에 넣었는지……."

"내가 그걸 말할 거라고 어떻게 장담해?"

"말할 거야. 왜냐하면 내가 말하라고 명령할 거니까."

네아는 여전히 웃는 얼굴로 날카로운 송곳니를 드러냈다.

아르크 씨처럼 날 물려는 건가?

물리면 마을 사람들과 마찬가지로 조종당하게 되는 건가?

"잠깐. 넌 언제부터 이런 짓을 반복하고 있는 거지?"

"음~ 200년쯤 전부터? 내가 마을 처녀를 연기한 것도 그쯤 됐고……."

200년…… 그렇다면 저택 안에 있었던 수많은 갑옷도 이해가 간다.

그녀는 누구에게도 들키지 않고…… 아니, 들키더라도 기억을 조작하고 예속시키며 똑같은 짓을 계속 되풀이한 것이다.

그것이 아르크 씨가 말했던 소문의 정체…….

"그럼 테트라 씨는……?"

"테트라? 아~ 오히려 내가 그 애의 부모 같은 존재지."

부모 같은 존재, 인가…….

노인인 테트라 씨의 부모 같은 존재라면 네아도 여느 사람처럼 자애심을 가지고 있을지도 모른다.

그 점을 노려서 설득을 시도해 볼까?

"아, 착각하지 마."

네아를 설득하고자 입을 열려고 했지만 그녀가 먼저 말을 꺼냈다.

"착각이라니, 뭘?"

"지금 날 인간의 엄마 노릇을 할 만큼 자애로운 마물이라고 생각했지?"

"……."

"내가 그렇게 자상한 존재일 리 없잖아? 테트라도 마을 녀석들도, 내가 마을 처녀로 숨어들기 위한 허울 좋은 위장에 불과해."

인간들 속에 숨어들기 위한 위장.

그렇다면 그녀는 목적을 위해 마을 사람들을 이용하여, 마을을 찾아오는 사람들을 납치하고 있다는 건가.

"너한테 마을 사람들은 뭐야?"

"내 꼭두각시 인형이야. 그 기억도 감정도 내 마음대로지. 나한테 부모님이 없다는 것도 거짓말이고, 테트라가 내게 부모님 같은 존재라는 것도 새빨간 거짓말이야. 그 애는 주입받은 기억 때문에 나를 딸처럼 여기고 있는 거야. 진짜 우스운 일이지."

아무렇지도 않게 내뱉은 네아의 말에 아연해졌다.

이게 제정신으로 할 짓인가. 이 아이에게는 사람의 운명을 비트는 힘과 잔학성이 있었다.

인간을 완전히 깔보고 장난감처럼 다루는 언동에 나는 공포를 느꼈다.

"……알겠어. 네 이야기 상대가 될게."

"어머? 나야 조종할 필요가 없어서 좋긴 한데~."

이야기 상대가 되는 것은 상관없지만 지금은 아니다.

"우리의 여행이 끝난 뒤에는 안 될까?"

"음~?"

네아는 생긋 웃으며 고개를 갸웃했다.

"우리는 중요한 사명을 받고 여행 중이야. 그건 어제 너한테 말한 대로 이 세계의 미래를 위한 거야. 그러니까 그때까지 기다려 주지 않을래? 뭣하면 너의 마술로 계약해도 돼. 나는 널 다시 만나러 오겠어."

물론 얌전히 이야기 상대가 될 마음은 전혀 없다.

공포의 대마왕, 로즈와 험상궂은 녀석들을 데리고 올 생각이다.

세기말 핫하[#2] 구명단이 네 녀석의 저택을 폐허로 바꿔 줄 것이다.

하지만 내 말을 어떻게 받아들였는지 뺨을 감싸며 꺅꺅거리기 시작한 그녀는 수상쩍게 뺨을 물들였다.

"이렇게 대담한 고백을 받은 건 처음이야."

"오해하지 마!"

구속당한 상태인 내 말을 고백이라고 생각하다니 너무 이상하잖아!

의도치 않게 츤데레가 되어 버렸다.

내 태클에 네아는 깔깔대며 웃었다.

"하지만 안 돼~ 그렇게 오래 기다릴 순 없어. 난 한시라도 빨리 너의 머릿속을 알고 싶거든."

"……이 세계의 위기가 닥쳐오고 있어."

"마물인 나한테 마왕 따위 상관없어."

"정녕코?"

"정녕코♪"

"후려 패 버린다, 이 자식아."

"뭐?"

"응, 아무것도 아니야."

웃는 얼굴로 본심을 말해 버렸다.

다행히 잘못 들었다고 생각했는지 네아는 내 얼굴을 보며 눈을 비비고 있었다.

무슨 일이 있어도 이 아이는 날 풀어줄 마음이 없는 것 같았다.

#2 핫하(ヒャッハー) 기쁘거나 유쾌할 때 또는 무례함을 나타낼 때 무의식중에 지르는 환성.

"……네가 자기 의지로 이야기해 준다면 빨리 해방해 줄 수 있을지도 몰라. 아, 물론 피를 빨 거니까 거짓말해도 내 암시로 바로 알 수 있어."

"얌전히 따른다면…… 얼마 뒤에 해방해 줄 건데?"

"으음~ 내 흥미가 사라졌을 때? 그렇게 오래 붙잡고 있진 않을 거야. 너무 길어지면 다른 인간들한테 들킬 테고."

아직 돌아갈 수 있는 희망이 있는 만큼 위안이 되는 말이었으나 나한테 있어서만큼은 최악이었다.

나는 이세계에서 소환된 인간이기 때문이다.

이 아이에게 내 이야기를 하려면 반드시 이세계에 관해 말해야만 한다.

그녀에게 미지는 보물이다. 이세계에 관해 이야기한다면 최악의 경우 평생 그녀에게 사로잡히게 될 것이다.

그것만큼은 무슨 일이 있어도 피해야 해……!

"……다른 길은?"

"어째서? 얌전히 내게 어울려 주면 빨리 해방해 줄 텐데?"

"……."

"대답할 수 없나 보구나."

단복의 옷깃을 잡혀 몸이 끌려갔다.

키 차이 때문에 이쪽을 올려다본 네아는 얼굴을 가까이 가져와 눈을 맞췄다.

그녀가 말한 참에는 걸리지 않았지만, 내 내면을 살피는 듯한 그녀의 시선에서 눈을 돌릴 수 없었다.

"후후, 그 『숨기고 싶은 이야기』를 끄집어낸 후, 제정신으로 되돌린 너와 다과회를 즐기도록 할까."

몇 초인지 혹은 몇 분인지, 이상하리만큼 길게 느껴진 시선 교환 끝에 그녀는 요염하게 웃더니 내 등 뒤로 돌아가 몸을 기댔다.

마치 이야기 속에서 흡혈귀가 인간의 피를 빨 때처럼…….

"웃기지 마……!"

움직이지 않는 오른팔에 힘을 주자 삐걱삐걱 소리를 내며 전격이 관통하는 듯한 아픔이 느껴졌다.

"크, 으윽……!"

아픔은 기합으로 무시한다.

다친 부분을 치유마법으로 즉각 고치고서 계속 힘을 주었다.

순간적인 격통과 회복을 되풀이할 때마다 점차 오른팔에 퍼진 문양의 구속이 무뎌지고 갈라지며 부서졌다.

"움직인다!"

완전히 자유롭게 움직일 수는 없었지만, 그녀가 깨물려고 하는 목덜미에 어떻게든 오른손을 갖다 대서 손을 물게 했다.

손등에 그녀의 송곳니가 박혀 피가 났으나 내 몸에 이상은 없었다.

아무래도 인간을 조종하려면 목을 깨무는 것이 조건인 모양이다.

"흐에?! 어커케?!"

"그렇게 간단히 깨물려 줄 만큼 난 만만하지 않거든!"

"큭……."

네아는 내 손에서 입을 떼고 뒤로 홱 물러났다.

힘으로 마술을 부술 수 있을 줄은 몰랐는데, 뭐든 해 봐야 아는 거구나.

오른팔과 마찬가지로 양발의 구속도 부쉈다.

“역시 단련한 몸은 날 배반하지 않아……!”

“힘으로……? 거짓말?! 괴물이야?!”

“인간이야!”

실례되는 소리!

입가에 피를 흘리며 멍하니 보고 있는 네아를 무시하고 아르크 씨에게 향했다.

아직 구속의 주술이 발동되고 있지만, 양발이 조금이라도 움직인다면 앞으로 나아갈 수 있다.

아르크 씨를 데리고 냉큼 이 자리를 벗어나자.

“도망치게 둘 리 없잖아! 잡아!”

네아에게 조종당한 마을 사람들이 아르크 씨 곁으로 향하는 내게 달려들었다.

만족스럽게 움직이지 못하는 지금 상태로는 반격도 회피도 무리였다. 그대로 몸통박치기가 직격하고 붙들렸지만 이를 악물고서 마을 사람들까지 매달고 갔다.

“뭐야?! 얼마나 괴력인 거야?!”

“끄으으……! 나한테 이런 들러붙기가 통용될 것 같아?!”

나는 구명단이라고!

이 정도 무게, 수없이 경험했어!

"아, 하지만, 이 이상은 힘들지도……"

약한 소리를 내뱉고 있으니 내 눈앞에 있던 아르크 씨가 일어났다.

"아르크 씨! 정신이 드셨군요! 저 좀 도……와……."

"……."

"아~ 혹시 조종당하고 있나요?"

대답은 내 몸통을 향해 날린 태클이었다.

"아, 진짜 미치겠네!"

제일 중요한 아르크 씨가 네아의 수중에 떨어졌다면 우리는 이곳을 떠날 수 없다. 아니, 그 문제를 제쳐 놓더라도 내가 이 상황을 해결하지 않는 이상 어쩔 도리가 없었다.

"좀비들! 그의 움직임을 막아!"

네아의 목소리와 함께 저택 문 쪽에서 줄줄이 발소리가 들려왔다.

그 발소리를 듣고 돌아보니 대량의 좀비가 내 쪽으로 다가오는 것이 보였다.

"으엑……."

아무리 나라도 좀비에게 붙잡히면 끝이다.

만사휴의(萬事休矣)[#3]. 그런 말이 머릿속을 스친 순간—.

"크오오오오오오오!"

사나운 짐승의 포효가 주위에 울려 퍼졌다.

그 소리에 네아는 곤혹스러워했지만 나는 목소리의 주인이 누구

#3 만사휴의(萬事休矣) 모든 것이 헛수고로 돌아감.

인지 알고 있었다.

"드디어 데려와 줬구나!"

나와 아르크 씨가 움직이지 못하게 된 지금, 그 녀석만이 이 상황을 어떻게든 할 수 있는 힘을 가지고 있었다. 그것을 이해했기에 아마코는 나를 두고 그 녀석을 부르러 가 줬다.

발소리는 이미 근처까지 와 있었다.

그렇다면 내가 해야 할 말은 정해져 있다.

"나는 상관 말고 해치워—!"

"크아아아아아아!"

힘찬 포효와 함께 나타난 것은 파란색 곰, 블루 그리즐리 블루링.

그 등에는 그를 불러온 아마코가 타고 있었다.

내 목소리가 들렸는지 블루링은 조금도 감속하지 않고 마을 사람들에게 붙들린 내게 힘껏 몸통을 부딪쳤다.

블루링의 강렬한 몸통박치기에 아르크 씨도, 마을 사람들도, 나도 크게 날아갔다.

"블루링! 우사토를—!"

"크오오!"

나는 아마코의 지시로 착지점까지 이동해 준 블루링의 등에 떨어졌다.

엎어진 형태로 떨어진 나는 아마코의 부축을 받으며 두 사람에게 띄엄띄엄 감사를 표했다.

"역시, 내 파트너야. 아마코도…… 고마워."

"크아~."

내 인사에 블루링은 당연하다고 말하듯 울었다.

이런 상황인데도 자연스럽게 웃음이 흘러나왔다.

"우사토, 빨리 이곳을 벗어나자."

"하지만……."

아르크 씨가, 라고 말하려다가 그만두었다.

지금은 아르크 씨를 구할 수 없다. 아마코도 그것을 알고 있는지 입술을 깨물며 필사적으로 감정을 억누르고 있었다.

"어이! 네아!"

"……!"

나는 블루링의 등에 탄 채 고개만 움직여서 이쪽을 멍하니 보고 있는 네아에게 선언했다.

"내일 밤, 동료를 되찾으러 오겠어……. 그때까지만 아르크 씨를 맡겨 둘 테니까!"

이쪽을 노려보는 네아에게 그렇게 단언했다.

흔들리는 블루링의 등에서 멀어지는 저택을 바라보았다.

"반드시 구해 줄게요, 아르크 씨!"

네크로맨서 때문에 위기에 빠진 마을.

그것은 허울뿐인 모습이었고, 그 정체는 네아라는 마물의 지식욕을 채우기 위한 정원이었다.

네크로맨서와 흡혈귀의 피와 능력을 지닌 강적을 상대로 우리는 싸워야만 했다.

제6화 짧은 휴식!

네아가 있는 저택에서 도망친 우리는 마을 근처 숲에 몸을 숨겼다.

숲에 숨은 이유는 마을 사람들 모두가 네아의 최면에 걸려 있다고 생각했기 때문이었다.

부주의하게 마을로 돌아가면 변모한 마을 사람들이 우리를 붙잡으려고 할지도 모른다.

아무리 치유 펀치라는 불살 수단이 있다고 해도, 달려드는 상대는 아무런 죄도 없는 마을 사람들이다. 가능한 한 해치고 싶지는 않았다.

게다가 블루링에게 업혀 있는 동안 나는 아직 네아가 건 마술에 구속되어 있었다.

만족스럽게 움직이지 못하는 몸을 보고 마술이란 매우 강력한 것임을 다시금 인식했다. 술식을 부쉈을 터인 오른팔과 양발조차도 완전하게는 움직일 수 없었다.

이 상태로 아르크 씨를 구하는 것은 어림도 없었기에, 숲으로 도망친 우리는 일단 휴식을 취하기로 했다.

네아를 상대하느라 지치기도 했고, 무엇보다 구속을 부술 때 몸을 너무 혹사한 상태였다.

"아침인가……."

깨어나서 제일 처음 눈에 들어온 것은 칠칠치 못하게 침을 흘리고 있는 블루링의 얼굴이었다.

매우 부드러운 감촉에 감싸여 있는 느낌에 머리를 들고 돌아보니 나는 블루링의 등을 베개 삼아 자고 있었던 듯했다.

"……."

반사적으로 블루링의 얼굴을 밀어내려고 손을 뻗었지만, 어젯밤 일을 떠올린 나는 그대로 손을 블루링의 머리로 가져가 쓰다듬었다.

"고맙다. 덕분에 살았어."

"크웅~."

블루링은 기분 좋게 울며 콧소리를 냈다.

그 모습에 만족한 나는 머리를 쓰다듬던 왼손을 거두어…… 응? 왼손?

"어라? 움직이잖아?"

몸을 뒤덮고 있던 마술 문양이 사라져 있었다.

구속의 주술이란 것은 시간이 경과하면 사라진다고 생각해도 되려나?

마술이니까 영속적일지도 모른다고 생각했는데 기쁜 오산이었다.

하나씩 시간을 들여 술식을 부술 필요가 없어졌다.

일어나 몸 상태를 확인했지만 특별히 불편한 곳은 없었다. 구속 외에는 무슨 짓을 당한 것 같지도 않고, 오히려 푹 자서 컨디션이 좋았다.

게다가 묘하게 힘이 붙은 느낌이 들었다.

"하하하, 설마 그 구속 마술이 웨이트 트레이닝이 돼서 단련됐든가……."

움직임을 봉쇄당하는 것은 싫지만, 몸을 단련하기에는 구속도 괜찮다고 생각하고 말았다.

"그러고 보니 아마코는 어디 갔지?"

그녀도 우리와 함께 숲에 들어왔을 텐데, 설마 혼자 마을에 간 건가?

아니, 그녀도 괜히 오랫동안 여행한 것이 아니다. 위기 감지 능력에 관해서는 나보다 압도적으로 뛰어날 터였다.

그렇게 생각을 고치고 다시 블루링 옆에 앉은 나는 그 자리에서 아마코를 기다리기로 했다.

그렇게 기다리길 십여 분, 근처 수풀에서 아마코가 나왔다.

머리에 나뭇잎이 붙어 있기는 했지만 다친 모습은 아니라서 안도했다.

"몸은 이제 움직여?"

"그건 걱정 안 해도 돼. 보다시피 쌩쌩해."

팔을 빙빙 돌리며 넘치는 힘을 어필하자 아마코는 안심하며 보자기 대용으로 쓰고 있던 외투를 앞에 펼쳤다.

그 안에는 사과와 비슷하게 생긴 과일이 여러 개 있었고, 그녀는 그중에서 하나를 집어 나에게 내밀었다.

"배고프지?"

"……! 고마워!"

아마코가 가져다준 것이라면 괜찮겠지.

나는 감사 인사를 하며 과일을 받은 후 단복으로 닦고 깨물었다.

과일 특유의 단맛과 신맛이 입 안 가득 퍼졌다.

"맛있다."

그렇게 아마코에게 말하자 그녀도 과일을 하나 집어 깨물었다.

"우사토가 문제없이 먹는다면 나도 괜찮겠지."

"아주 자연스럽게 실험체로 썼구나."

"우사토를 신뢰하기 때문이야."

친절을 감사히 받아들인 결과가 이 모양이었다.

치유마법으로 낫는다고는 하지만 아픈 건 아프거든? 응?

나는 그렇게 투덜거리면서 원래 있던 곳에 앉았다.

아마코는 블루링의 얼굴 근처에 과일을 놓고 내 옆에 앉았다.

"그래서, 어떻게 아르크 씨를 구할 거야?"

"조종당하는 마을 사람들과 좀비는 적이 아니야. 문제는 네아가 마물로서 지닌 능력과 마술이지."

"마술은 몰라도, 네아가 마물로서 지닌 능력이 그렇게 경계할 만큼 위험할까?"

그러고 보니 아마코는 네아의 정체를 알기 전에 그 자리를 떠났었지.

"아니, 그녀의 경우는 좀 달라."

나는 아마코에게 네아의 정체를 설명했다.

이야기를 다 들은 아마코는 예상하지 못했다는 듯 인상을 썼다.

"흡혈귀와 네크로맨서의 아이라니, 너무 예상 밖이야……."

"그렇지."

아마코의 말에 나도 동의했다.

설마설마했던 반전이었다.

200년이나 마을 처녀 행세를 한 그녀의 연기…… 그 울먹이던 부탁도, 감사의 말도 전부 거짓이었다.

전부 그녀가 계획한 것이니 당연하지만, 그것에 충격받은 것은 사실이었다.

"내 순정을 가지고 놀다니……."

"……."

왠지 아마코가 나를 보는 눈이 싸늘해진 것 같다.

……기분을 전환하여 그녀의 능력에 관해 고찰하자.

"문제는 그녀 자신의 전투 능력이 미지수라는 거야."

현재 알고 있는 것은 죽은 자를 조종하는 네크로맨서로서의 능력. 산 자의 피를 빨아 조종하고 눈이 마주친 자를 매료하는 흡혈귀로서의 능력.

그리고 마지막으로 마술을 다룰 줄 안다는 것.

"솔직히 시간을 들여 만들었다는 구속 마술은 나한테도 꽤 버거웠어. 블루링은…… 아슬아슬하게 괜찮겠지만, 넌 바로 그 자리에서 움직이지 못하게 될지도 몰라."

"응, 조심할게."

"하지만 그 마술을 발동하려면 조건이 있는 것 같았어. 그녀가 직접 말하진 않았지만 아마도……대상에게 접촉해야만 할 거야."

그게 아니라면 굳이 내게 안기지는 않았으리라.

더욱 확실하게 경계를 늦추기 위해 그런 행동을 보였다고 생각해도 될 것이다.

그렇다면 이야기는 간단하다.

요컨대 그녀와 접촉하지만 않으면 된다.

구속당하지 않은 상태라면 마을 사람들과 좀비가 아무리 달려들어도 대응할 수 있다.

문제는 그녀가 쓰는 마술이 구속의 주술뿐만이 아닐 가능성이 있다는 점이었다.

그저 알고 있을 뿐이더라도, 200년이라는 세월을 살았다면 마술 한두 개쯤은 더 쓸 줄 알아도 이상하지 않았다.

"다른 마술을 쓸 수 있는지는 알 수 없어. 하지만 이대로 겁먹고 움직이지 않는다면 아르크 씨를 구할 수 없어. 게다가 아르크 씨도……."

"조종당해서 적이 됐을지도 몰라."

"……맞아."

네아는 확실하게 아르크 씨를 조종할 것이다.

마을 사람들에게 암시를 걸 수 있다면 아르크 씨에게도 걸 수 있을 터…… 전력으로 나서는 아르크 씨와 대결하는 것도 생각해 둬야 했다.

그렇게 되면 최악이다.

……잠깐? 아르크 씨는 이미 목을 물려서 네아의 지배하에 있다. 그런 그를 그녀가 그저 싸움 수단으로만 쓸까?

아니, 아마 그녀는 지배하에 둔 아르크 씨의 기억을 가장 먼저 살필 것이다.

"큰일인데……."

"어?"

"나랑 너에 관한 게 들통났어……."

내가 이세계 소환에 휘말린 인간이라는 것.

아마코가 예지마법이라는 특별한 마법을 쓸 줄 아는 수인이라는 것.

그것을 안 그녀가 어떻게 나올지 전혀 상상이 안 됐다. 다만 한 가지 분명한 것은 그녀가 우리를 절대 포기하지 않으리라는 것이었다.

"하아……."

그저 힘이 셀 뿐인 치유마법사라는 인식이라면 그녀도 그나마 우습게 여겼겠지만, 이세계인이라는 사실을 알았으니 필사적으로 날 잡으려고 할 것이다.

진짜 귀찮게 됐다.

"뭐, 될 대로 되려나……."

나는 과일 하나를 더 집어서 먹었다.

지금은 푹 쉬어서 몸 상태를 최상으로 만들자.

"아, 그러고 보니……."

저택에서 가져온 수첩이 단복 주머니에 있었지.

과일을 바꿔 잡고 단복 주머니에 오른손을 넣어 너덜너덜한 수첩을 꺼냈다.

내 손에 들린 수첩을 본 아마코는 고개를 갸웃했다.

"그게 뭐야?"

"선대 용사에 관한 기록…… 같아."

내용을 제대로 확인하지 않아서 정말로 용사에 관한 기록인지는 알 수 없었다.

생각하고 싶지 않지만, 다시는 읽지 못하게 될지도 모르니까 조금 봐 두자.

나는 수첩을 넘기기 시작했다.

내가 그에 관해 적기에 앞서 주의해야 할 점이라면 이 수기의 존재를 그에게 들켜선 안 된다는 것이다.

그가 이 수첩의 존재를 알게 된다면 분명 묻지도 따지지도 않고 처분할 것이다.

그 정도로 그는 자신의 존재가 알려지는 것을 싫어한다.

나약한 부분이 알려지는 것을 거부한다.

그것은 왜인가.

답은 단순하다. 강한 존재로 있기를 강요받고 있기 때문이다.

강하지 않다면 존재할 의미가 없다.

약하다면 누구도 그를 원하지 않게 되어 버려지기 때문이다.

그렇기에 그는 누구에게도 약한 모습을 보이지 않고 계속 강한 존재로 있고자 했다.

동료인 내게도 자신의 심정을 토로한 적은 한 번도 없었다.
나는 그에게 다가서고자 노력하지 않은 것을 후회하고 있다.
그의 마음이 완전히 얼어붙어 버린 지금은 후회해 봤자 늦었지만…….

그에게 공적이란 빼앗은 목숨의 수를 의미한다.
많은 시체를 넘어 살아남은 것을 칭송받는 것은 그로서는 틀림없이 상상할 수 없을 만큼 고통스러웠을 것이다.
하지만 방관자인 내가 그의 나중을 기록하지 않을 수 없었던 것은 오직 그의 잘못된 모습이 후세에 전해질 것을 자연히 이해했기 때문이다.
이세계에서 그를 불러와 도구처럼 쓴 인간.
구세주라고 숭상하며 구원의 손길을 바란 아인.
둘 다 내게는 똑같다.
단 한 사람에게 전부 짊어지게 한 금수만도 못한 자들이다.
그는 혼자였다.
동료도, 이해자도, 아무도 없었다.
집도 고향도 가족도, 어디에도 없었다.
분명 그는 인간들에게도 아인들에게도 영웅이라고 불릴 것이다.
만약 내가 아닌 다른 사람이 이것을 읽고 있다면 그대만큼은 알아줬으면 좋겠다.
『영웅』 따위 어디에도 없다.
죽음을 두려워하지 않는 인간 따위 어디에도 없다.
용사라는 존재는 사람들이 멋대로 만들어 낸 우상이다.

아무리 강한 힘을 가지고 있어도 그 역시 어쩔 수 없는 인간이다.

인간도, 아인도, 그에게 너무 많은 짐을 지워 버렸다.

산을 양단하더라도, 바다를 가르더라도, 용을 죽이더라도, 그의 마음마저 인간을 초월한 것은 아니다.

그렇기에 후세를 위해 남기고자 한다.

그가 평범한 영웅으로 끝나지 않도록, 내가 이 후회를 잊지 않기 위해…….

지금부터 적는 것은 한 『인간』의 이야기이자, 먼 미래에 속죄하게 될 우리의 죄에 관한 기록이다.

"엄청난 사연이 담긴 수첩이잖아……."

거기까지 읽고 나는 수첩을 덮었다.

예상을 아득히 뛰어넘은 내용이라 무슨 말을 하면 좋을지 알 수 없었기 때문이다.

"용사의 어둠이 너무 깊어……."

적당히 페이지를 넘겨 읽을 수 있는 부분을 훑어봐도 용사에 관한 심정과 그가 행했을 일이 일관되게 적혀 있었다.

이 글을 쓴 사람이 어떤 사람인지는 모르지만, 선대 용사와 꽤 가까웠다는 것은 알 수 있었다.

"선대 용사도 마왕을 상대한 것 같은데, 지금과 옛날은 전혀 다르게 느껴지는구나."

적어도 수기의 읽을 수 있는 부분만 보자면 옛날 마왕군은 상당히 잔인했다. 붙잡은 인간을 마력 공급원으로 삼거나 세뇌하는 등, 아무튼 지금처럼 그저 진격만 하는 게 아니라 비겁한 술수와 기습을 주로 사용했다.

"우와, 뒤에 이르러서는 마을을 넘어 한 나라가 용사를 배신하도록 꾸미기까지 했잖아……. 이런 일을 당한다면 버틸 수 없을 거야."

지금 마왕과 옛날 마왕은 정말로 동일한 건가? 하는 짓의 과격함이 하늘과 땅만큼 차이 나는데…….

하지만 용사라고 불렸던 그가 흉계를 모조리 쳐부수고 있었다.

얼핏 보면 용사의 영웅담 같지만 문면에서 기쁨은 느껴지지 않았고 그저 일어난 일들이 비극적으로 적혀 있었다.

마치 이것을 쓴 사람이 용사를 불쌍히 여기며 적은 듯한 기록이었다.

"힘들었겠네…… 정말로."

뭐, 현재를 살아가는 나는 당시 상황을 알게 됐어도 그저 동정할 수밖에 없었다.

하지만—.

"아인들도 용사를 따랐구나."

"나도 잘은 모르지만 그런 것 같아. 고향 사람들은 인간을 싫어하지만 용사를 싫어한다는 얘기는 못 들었어. 우리 수인에게도 용사는 여전히 특별한 존재 같아."

아마코의 말을 듣고 다시 한 번 수첩에 적힌 내용을 읽었다.

용사가 아인들에게 무엇을 했는지는 이 수첩을 봐도 알 수 없었지만, 그럴 만한 일을 했을 것이다.

"응?"

그때, 수첩에 작은 메모가 끼워져 있는 것을 발견했다.

그것을 펼치자 그림이 그려져 있었다. 글자도 적혀 있긴 했으나 대부분 지워져서 읽을 수 없었다.

"악어? 도마뱀? 아냐, 날개가 있어."

쭉 찢어진 입으로는 화염 같은 것을 토하고, 등에 난 날개는 마치 칼날처럼 날카롭게 그려져 있었다.

잘 그린 그림은 아니었지만 조금 섬뜩했다.

메모에 적힌 문장은 아마 소유자인 네아가 해독한 것이리라.

나는 거기에 적힌 글자를 눈으로 좇았다.

분명 그것은 재해라고 불러야 할 존재였다.

토하는 숨결은 모든 것을 썩게 만들고, 발톱을 내리찍으면 땅이 갈라지고, 꼬리를 휘두르면 산이 깎였다.

괴물의 일원, 악의 길을 나아가는 사룡(邪竜).

숲을 지나면 초목이 멸절하고, 생물은 잡아먹혔다.

나라를 지나면 물이 썩고, 주민들은 모두 이유 없이 살해당했다.

검게 물든 용은 그저 열락을 위해 갖은 포학을 부렸다.

하지만 그가 그 괴물을 쓰러뜨렸다.

싸움이 벌어진 땅은 사마리알. 돌연 그의 앞에 내려선 사룡은 주위를 파괴하고 독을 흩뿌리며 그에게 달려들었다.

지금껏 기록했듯 그의 마법은 강력하기 짝이 없으나 그 공격은 사룡의 견고한 비늘 앞에서 의미를 이루지 못했다.

싸움은 사흘 밤낮 동안 이어졌다.

나는 그 싸움을 보지 못했다.

하지만 그가 사룡을 끝장내는 순간만큼은 보았다.

그는 직접 사룡의 입 속으로 뛰어들어 자신의 힘을 담은 단도로 심장을 꿰뚫어 그 목숨을 끊었다. 아니, 그의 표현을 빌리자면 「봉인했다」고 해야 할까.

그가 말하길 지금은 이 괴물을 죽일 수 없다고 했다.

실제로 사룡은 심장을 꿰뚫려 숨이 끊어진 후에도 마물처럼 입자가 되어 사라지지 않고 그 모습 그대로 존재해 섬뜩하기만 했다.

많은 마족과 마물을 죽인 그의 입에서 죽일 수 없다는 말이 나오게 한 사룡이 위험한 존재인지, 사룡을 행동 불능에까지 몰아넣은 그가 규격을 벗어났다고 해야 할지 나는 판단하기 어려웠다.

잔해가 흩어진 광장 중심에서 직립한 채 숨이 끊어진 사룡을 올려다본 나는 문득 어떤 걱정을 품게 되었다.

「그는 죽일 수 없는 것이 아니라 죽이지 않은 게 아닐까」 하는 어리석은 의문을…….

눈 딱 감고 그에게 물어보았지만 그는 아무 말도 해 주지 않았다.

그 침묵이 무엇을 의미하는지, 결국 지금도 알 수 없다.

"……."

악의 길을 나아가는 사룡.

드래곤이라고 하면 판타지에 흔히 나오는 존재지만, 우리 눈앞에 나타나는 것만큼은 자제해 줬으면 좋겠다.

이 수첩에 적혀 있는 내용이 사실이라면 나로서는 도저히 당해낼 수 없다. 어쩌면 선배나 카즈키가 함께 있어도 이길 수 없을지 모른다.

그렇게 생각하면 혼자서 사룡이란 녀석을 쓰러뜨린 용사는 정말로 규격을 벗어난 존재였을 것이다.

……선대 용사는 완전 치트. 응, 이런 소설 어딘가에 있을 것 같아.

"네아는 왜 이런 걸 조사하고 있던 거지?"

그녀에 관해서는 잘 모르지만, 이 부분만 집중적으로 조사한 이유를 알 수 없었다.

아니면 단순히 변덕으로 조사했을 뿐일지도 모른다.

뭐, 어찌 되든 상관없는 일인가…….

"우사토."

"왜?"

갑자기 옆에 있던 아마코가 말을 걸어왔다.

펼치고 있던 수첩을 갈무리하고 돌아보자 그녀는 생각에 잠겨 흐려진 얼굴로 나를 보았다.

"어젯밤에 저택에서 커다란 홀을 봤잖아?"

"그랬지, 그게 왜?"

우리가 뛰어내렸던 3층 방을 말하는 건가?

"그때 그 홀을 보고 생각했어. 예지로 봤던 장소와 닮았다고……."

"그건……."

오늘 결행할 아르크 씨 구출 작전이 불안해지는데…….

"내가 잘못 본 걸지도 몰라. 꿈속에서는 방 전체가 엉망진창이었고, 무엇보다 방 자체는 어렴풋이 기억나서……."

그래서 방을 봤을 때 당황했던 건가.

그때는 네크로맨서를 찾고 있었으니까, 부주의한 말로 내가 혼란에 빠지지 않도록 배려해 준 건가?

이상하게 마음 쓰는 걸 보면 참 서툰 아이야.

"그렇다면 날 찌르는 건 네아라는 건가……."

"아마도……."

정했다. 그 녀석을 만난 순간 치유 펀치를 먹여서 행동 불능으로 만들자.

마음속으로 그렇게 결의하고 있는데 아마코가 고개를 숙이고 말했다.

"우사토는 치유마법이 있으니까 걱정하지 않아도 된다고 했지만…… 그 녀석은 마술을 다룰 줄 아니까, 혹시 저주를 받아 버린다면……."

"……."

저주라…….

그 생각은 전혀 못 했네.

확실히 어제 간단히 그녀의 함정에 빠진 것을 생각하면 아마코가 걱정할 만도 했다.

그러나 무서워하고 있기만 해서야 계속 제자리걸음이다.

가끔은 주저할 필요도 있겠지만, 아르크 씨가 붙잡혀 있는 지금, 우리는 반드시 그를 구하러 가야만 했다.

나는 격려의 뜻으로 그녀에게 웃어 보였다.

"내가 저주 따위에 질 리가 없잖아? 어제도 힘으로 어떻게든 했어. 걱정하지 않아도 돼."

"……우사토는 인간을 벗어났고, 평범한 사람은 생각하지 않는 일을 태연한 얼굴로 하는 괴짜지만, 그래도 일단은 인간이니까…… 걱정돼."

"좋아, 넌 좀 더 날 걱정해야겠어."

이 녀석, 엄청 걱정스럽다는 얼굴로 하는 말이 이거라니.

나는 크게 한숨을 쉬며, 아직 자고 있는 블루링에게 몸을 기댔다.

"넌 너무 예지에 얽매여 있어."

"……하지만 빗나간 적이 없는걸."

"빗나간 적이 없기 때문이야. 네가 본 광경은 확실히 현실에서 일어날 확정된 미래겠지. 하지만 그건 네가 주관적으로 본 광경이야."

아마코의 말을 부정하는 것은 아니지만, 그래도 비관할 필요는 없다고 생각한다.

"내 피가 떨어지는 건 봤지만 내가 직접 찔리는 광경을 본 건 아니잖아? 어쩌면 그 피는 날 찌르려고 한 사람의 피일지도 몰라. 그 사람은 벽에 등을 기댄 채 앉아 있었고, 내 등에 가려져서 모습은 보이지 않았던 거잖아? 요컨대 예지는 어떻게 받아들이느냐에 따라 얼마든지 전개를 생각할 수 있어."

"얼마든지……?"

"무엇보다 평범하게 내지른 단검을 내가 피하지 못할 리가 없어. 설령 찔릴 뻔하더라도 즉각 부러뜨릴 자신이 있고."

보고 회피하는 건 손쉽지.

부러뜨리는 것이 팔인지 단검인지는 굳이 명언하지 않겠지만, 지금 내 동체 시력으로 막지 못할 일은 없을 것이다.

상처와 피로도 치유마법으로 낫는다. 허를 찔리더라도, 로즈의 주먹에 반응하는 나라면 시야에 잡힌 후여도 여유롭게 대처할 수 있을 것이다.

"하지만 우사토라도 찔릴 가능성이 아예 없는 건 아니잖아."

"그러네. 하지만 『반드시』 그런 게 아니라 『그럴 가능성이 있다』 정도라면 그래도 희망적이지 않아?"

"으, 그건…… 터무니없어."

부루퉁하게 말하는 아마코를 보니 웃음이 나왔다.

솔직히 아마코가 불안해하는 것은 이해가 갔다.

자신에게만 미래의 광경이 보이다니, 기분 좋은 일은 아닐 테니까.

"넌 혼자가 아니야. 전부 혼자 감당할 필요 없어."

"어……?"

내 말에 아마코는 놀란 얼굴로 이쪽을 보았다.

그녀의 말투를 보면 반드시 자신이 원하는 미래만 보이는 것은 아니리라. 어떻게 할 수도 없다— 그런 무력감에 시달리게 된다.

링글 왕국에 있었을 때 아마코는 그런 마음을 품고서 하루하루를 보냈을 것이다.

하지만 지금 그녀에게는 우리가 있다.

"날 믿어. 나도 널 믿고 있으니까."

"……괜찮다고, 믿어도 돼?"

"물론이지."

내심 부끄러운 소리를 했다고 조금 후회하면서도 내색하지 않고 아마코에게 고개를 끄덕였다.

아무리 본심이라고는 하지만 이런 말을 하는 것은 민망했다.

"……그럼 조금 더 우사토를…… 믿어 볼게."

아마코의 말에 나는 만족스럽게 고개를 끄덕였다.

그러자 아마코가 갑자기 일어나 진지한 표정으로 나를 보았다.

"아르크 씨를 구할 때 말인데, 그걸 쓰자."

"그거?"

"……자기가 말해 놓고 잊어버린 거야?"

단번에 아마코의 신뢰를 잃어버린 것 같다.

아마코의 싸늘한 시선을 받으며 팔짱을 끼고 궁리했다.

그게 뭘까? 「아르크 씨를 구할 때」라는 것을 보면 작전 종류일까?

"……양동 작전?"

"아니야. 내가, 내가…… 우사토한테……."

뺨을 물들이고 입술을 삐뚜름하게 만든 아마코의 모습에 곤혹스러워졌다.

네가 나한테…… 거기까지 생각한 순간, 마침내 그녀가 무슨 말을 하고 싶은지 이해했다.

아마코는 저택에 가기 전에 내가 그녀에게 말했던 콤비네이션을 쓰자고 말하고 있는 것이다.

"그렇군, 그건가……. 그때는 농담으로 말했지만……."

"노, 농담이었어……?"

콰광~ 하고 아마코는 확연하게 충격받은 모습이었다.

그때는 확실히 농담으로 말했지만, 생각 자체는 지극히 성실하게 고안한 것이었다. 그러나 그것을 쓰려면 다름 아닌 아마코의 동의가 필요 불가결했다.

"아니, 지금은 달라. 어젯밤 상황을 생각하면 나쁘지 않은 전법이겠지. 물론 네가 괜찮다면 말이야."

"난 아르크 씨를 구하고 싶어. 그리고 믿기로 했으니까."

"그런가……."

그렇다면 문제없겠네.

너와 내가 팀을 이룬다면 단숨에 네아 곁으로 갈 수 있다. 그리고 이번에는 블루링도 있으니 이 녀석한테도 여러 가지로 휩쓸어 달라고 하자.

결행은 오늘 밤, 작전은 세워졌다.

다만 나와 아마코에 관해 알게 된 네아가 어떻게 나올지가 걱정이다.

***

“으음~ 어라? 어디 갔지…….”

서재의 책 더미를 뒤지며 고개를 갸웃했다.

어제 우사토와 아마코가 들렀을 서재에서 없어진 물건이 있나 찾아보다가 수첩 하나가 사라졌음을 깨달았다.

우사토용(用)으로 구속의 주술을 만드느라 쌓인 피로와 마력 고갈 때문에 일시적으로 기절한 탓에 불 끄는 것을 잊어버리고 나간 것은 확실히 부주의했다.

“설마 이렇게 귀찮은 짓을 하게 될 줄은 몰랐어…….”

책 더미에서 얼굴을 든 나는 흐트러진 머리카락을 정돈하며 수첩 찾기를 포기했다.

“얼마 없는 용사에 관한 기록인데……. 혹시 우사토가 가져갔나? 그건 평범한 인간한테는 그저 지저분한 수첩이나 마찬가지일 텐데……. 아~ 진짜. 아직 조사하고 싶은 게 더 있었는데…….”

몸에 익은 오래된 의자에 앉아 팔짱을 끼고서 궁리했다.

어째서 우사토는 수첩을 가져갔을까…….

“흥미로워서? 그 애가? 팔면 더 돈이 될 마술책이 아니라, 역사적 가치를 찾아낼 수 없는 수첩을 굳이?”

아니면 그가 흥미를 느낄 만한 요소가 그 수첩에 있었나?

용사는 인간에게 숭배받고 있는 존재다.

마왕과 마족의 군세를 혼자서 상대한 영웅. 그런 존재를 맹신적으로 떠받드는 나라가 있다고 들었지만, 그게 링글 왕국이 아니라는 것은 확실했다.

"그가 용사를 맹신하진 않을 거야. 오히려 그런 것에 관심 없을 것 같고. ……아마코는 가능성이 있을지도……. 무슨 생각을 하는지 알 수 없는 아이니까."

내가 아는 수인과 그 아이는 전혀 달랐다.

인간과 함께 있고 싶다니, 보통은 그렇게 생각하지 않는다.

"……어느 쪽이든 가져갔다는 건 틀림없지."

다행히 지금 내게는 그들이 왜 용사에 관해 적힌 수첩을 가져갔는지 알 수 있는 정보원이 있었다.

팔걸이에 몸을 기울여 편한 자세를 잡은 나는 뒤에 있는「그」에게 물었다.

"어떻게 생각해?"

"……."

서재의 문 앞에서 공허한 눈으로 서 있는 아르크를 보고 나는 기분 좋게 웃었다.

그가 내 지배하에 있는 지금, 나는 그를 마음대로 움직일 수 있다.

출신, 경험, 친구 관계, 무엇이든 들을 수 있었다.

사실은 의식이 있는 상태에서 묻는 것이 좋지만, 그들을 마을에 불러들이고 관찰한 결과, 아르크는 절대 아군을 배신하지 않을 심지가 굳센 남자였다.

인간이라면 호감을 느낄 만하지만 마물인 내게는 꽤 귀찮은 타입이었다.

“우사토는 어째서 용사에 관해 적힌 수첩에 관심을 가졌을까?”

암시를 걸며 그렇게 질문했다.

그러자 그는 억양 없는 목소리로 대답했다.

“우사토 님은 용사님과 연이 있습니다.”

“……뭐?”

가벼운 마음으로 질문했는데 예상을 뛰어넘은 대답이 돌아왔다.

놀란 바람에 의자에서 미끄러져 근처에 쌓여 있던 책을 성대하게 넘어뜨리고 말았다.

용사와 연이 있다고? 뭐야, 그거. 엄청 흥미로운 얘기잖아?!

“가짜 용사라거나 그런 건 아니지?”

떨리는 목소리로 묻자 그는 고개를 가로저었다.

나는 기쁘고 놀라워 고조되려는 감정을 억눌렀다.

“좀 더 자세히…… 아, 역시 안 돼, 방금 그 말 취소! 먼저 아마코에 관해 말해 줘.”

먼저 아마코를 안 다음에 우사토에 관해 듣자.

그의 이야기는 최근 200년 동안 얻은 지식 중에서도 자극이 너무 세다.

우선은 보기 드문 수인인 아마코부터 들어 두자.

“아마코 님은, 수인이고…….”

“그건 알아. 그 부분은 넘어가.”

"그녀는…… 모친을 구하기 위해 수인의 나라에서 링글 왕국에 왔습니다."

"흐응, 모친을 말이지……."

어머니, 그것은 이미 먼 옛날의 기억—.

네크로맨서인 어머니는 내가 철들었을 무렵에 인간에게 살해당했다. 흡혈귀였던 아버지도 마찬가지. 하지만 그렇다고 인간을 원망하지는 않는다. 굳이 따지자면 인간에게 보복받을 만한 악행을 저지른 쪽이 잘못했다고 생각한다.

그건 그렇고, 수인의 나라에서 링글 왕국까지 왔다니, 대단한 아이라고 생각하지만 그뿐이네.

"다루는 마법은……."

"감지 계통 마법이잖아?"

"아뇨, 그건 여러분을 속이기 위한 거짓말입니다."

"뭐? 그렇게나 친절하게 대했는데 신뢰받지 못했던 거야?"

나도 속일 생각만 하고 있었으니 뭐라고 할 수는 없지만.

간파한 것 같지는 않았는데, 그 시점부터 경계하고 있었던 건가?

"그럼 아마코의 마법은 뭐야?"

"그녀는 미래를 보는 예지마법을 사용합니다."

"……거짓말이지?"

스스로도 알 수 있을 만큼 굳은 표정으로 아르크에게 물어봐도 대답은 똑같았다.

예지마법은 일부 수인에게만 발현하는 희소 계통 마법이다.

희소한 마안 계통 중에서도 더욱 희소한 마법.

그 마법을 가진 자는 수인의 나라 사람들에게 귀중한 존재였고, 미래를 읽는 수인족의 공주, 『때를 읽는 공주』라고 불리고 있었다.

"정말 엄청나잖아."

용사와 연이 있는 인간과 때를 읽는 공주라니!

대체 무슨 조합이야?! 평범하지 않아!

그보다 그런 수인이 따르고 있는 우사토는 뭐 하는 사람인 거야?!

절대 평범한 치유마법사도, 인간도 아닐 거야!

나는 확신에 차서 떨리는 목소리로 아르크에게 질문을 던졌다.

"너희, 아니…… 우사토는 뭐야? 인간이야?"

"우사토 님은—."

용사의 연고자와 관계가 있다면 최고의 심심풀이가 된다.

어느 정도는 예상하면서 그의 말에 귀를 기울였다.

"용사님과 함께 이세계에서 온 인간입니다."

한순간, 아르크의 말을 이해할 수 없었다.

그리고 이어서 어떤 가능성이 머릿속에 떠올랐다.

"용사, 소환……."

영웅을 탄생시킨, 용사 소질을 가진 자를 이세계에서 불러오는 전이마법, 아니, 이 경우에는 마법을 이용한 의식이라고 해야 할까.

그것이 행해졌다.

"아하♪"

정말이지 훌륭한 미지다.

지금껏 이토록 지적 호기심을 자극하는 미지는 없었다.

그리고 우사토가 고집스럽게 내게 이야기해 주지 않았던 이유를 마침내 이해할 수 있었다.

"말하지 않은 건 정답이야, 우사토. 이런 얘기를 내가 놓칠 리 없잖아……!"

이 사실을 알았다면 나는 절대 그를 그냥 보내지 않았을 것이다.

보물처럼 그를 이곳에 묶어 두었을 것이다.

이곳과는 다른 세계, 300년을 산 나조차 상상할 수 없는 수수께끼로 가득한 세계.

처음에는 그냥 여흥이었다.

지루함을 달래기 딱 좋은 인형이라고 생각했다.

하지만 첫 만남에 그것은 흥미로 바뀌었다.

그리고 지금, 그를 향한 마음은 집착으로 바뀌었다.

"그에 관해 더 알려 줘."

"……예."

두 용사와 함께 링글 왕국에 소환됐다.

구명단이라고 불리는 조직에 들어가 거기서 가혹한 훈련을 받았다.

마물인 블루 그리즐리와 사역마 계약 없이 순수한 신뢰 관계를 구축했다.

마왕군과의 싸움에 구명단으로서 출격하여 많은 사람들을 구했다.

그 끝에 마왕군의 주력 중 한 사람을 무력화했다.

들으면 들을수록 가지고 싶어졌다.

다른 세계에서 왔다는 것만으로도 가치가 있는데, 이 세계에 소환된 후 그의 행보도 한없이 흥미로웠다.

이게 요 1년 안에 일어난 일이라는 것을 믿을 수 없었다.

"이상하다 싶긴 했어. 아무리 강하다고 해도 치유마법사에게 중요한 서신을 맡기다니, 이제 이해가 되네. 그에게는 그걸 맡을 만한 자격이 있었어!"

마왕군과의 싸움을 헤쳐 나온 영웅.

이세계에서 불려온 평범한 인간 따위가 아니다.

치유마법만으로 그 정도의 힘을 손에 넣은 그는 의심할 여지가 없는 영웅이었다.

"반~드시 붙잡겠어! 아, 하지만 좀비와 마을 사람들로는 안 되겠지. 아르크, 우사토는 뭔가 특별한 마법을 쓸 줄 알아?"

"우사토 님의 무기는 순수한 신체 능력. 치유마법은 그의 몸을 만드는 요소에 불과합니다. 신체 능력으로 그를 능가하는 존재는 제가 알기로 그의 스승님밖에 없습니다."

"와우, 무서워라~!"

저택에 돌아왔을 때, 양팔이 부서지고 다리가 꺾인 좀비를 보고 솔직히 질겁했다.

대체 어떤 괴물의 습격을 받았길래 이런 꼴이 된 건가, 하고.

그것도 틀림없이 우사토 짓일 것이다.

소리칠 틈도 없이 순식간에 좀비를 해치울 수 있다면 좀비보다 완력이 약한 인간들은 1초도 버티지 못할 것이다.

다시 시간을 들여 구속용 마술을 만들 수도 있지만, 어젯밤 일을 생각하면 같은 수법에 걸리지는 않을 터…….

내 마술은 전투에 적합하지 않고, 무엇보다 정도를 벗어난 괴력 인간을 힘으로 당해낼 수 있을 리가 없다.

"내 참이 듣지 않는 걸 보면 정신도 괴물급이라고 생각해도 되겠지."

참이 통하지 않은 상대는 여태껏 한 명도 없었는데.

……부끄러움을 무릅쓰고 감행한 혼신의 포옹마저 효과가 없어서 은근히 충격받았던 것은 비밀이지만.

어떤 방법을 써야 그를 붙잡을 수 있지?

한동안 고민하던 중에 문득 어떤 생각이 내 뇌리에 떠올랐다.

"그러네. 그걸 쓰면 되잖아."

이 저택에 있는, 돌아가신 아버지의 유일한 컬렉션.

용사에 관해 적힌 수첩을 조사하는 계기가 되기도 한 존재.

설레는 마음을 억누르지 못하고 서재에서 뛰쳐나간 나는 단숨에 1층까지 내려갔다.

내려간 끝에 있던 것은 지하로 내려가는 문. 창문으로 들어오는 햇살 속에서 섬뜩하게 빛나는 그 문을 힘껏 열어젖혔다.

"쓸 일이 없을 줄 알았지만, 네가 아니면 붙잡을 수 없는 괴물이니까."

지하로 뛰어내린 나는 천장 틈으로 비쳐 드는 햇빛을 받아 드러난 그것을 올려다보고 웃었다.

좀비도, 인간도, 마물도 안 된다.

그렇다면—.

"아하♪"

천장까지 닿을 정도의 엄청난 거구.

크게 찢어진 입.

도려내진 오른쪽 눈.

찢어진 날개.

반쪽 날개와 반쪽 눈을 가진 괴물의 사체가 내 앞에 유유히 서 있었다.

제7화 격전! 치유마법 VS 화염마법!

밤이 되고, 나와 블루링은 저택과 숲의 중간쯤에서 준비 운동을 했다.

지금부터 네아의 저택을 습격하려는 데 준비 운동은 빼놓을 수 없었다.

"블루링, 밖에도 안에도 적 천지야. 조심해."

"크아~."

걱정할 필요 없다니, 믿음직스럽기 그지없다.

아마 저택 주위와 내부에는 좀비가 배회하고 있을 테고, 그 녀석들을 해치우려면 블루링의 힘이 불가결했다.

"우사토, 마을 사람들을 보고 왔어."

"어땠어?"

마을 사람들의 상태를 보고 와 달라고 부탁했던 아마코가 때마침 돌아왔다.

그녀의 보고 내용에 따라 우리가 마음껏 날뛸 수 있을지가 결정된다.

"다들 있었어. 아마 그 녀석은 마을 사람들을 끌어들이지 않을 생각인 것 같아."

"……그런가. 네아는 아르크 씨와 좀비만으로 우리를 상대하려는 거구나. 그것만으로도 충분하다고 생각하는 건지, 아니면 인질을 잡을 필요가 없을 만한 비장의 패를 가지고 있는 건지…….”

어쨌든 아르크 씨를 구하러 가는 것은 기정사실이다.

마을 사람들이 없다면 마음껏 날뛰어 주겠어.

“말도 잘 있었고, 테트라 씨네 집에 두고 온 짐도 괜찮을 거야. 그리고 이거.”

아마코가 내민 것은 길쭉한 천이었다. 커튼 같은 것을 찢었는지 군데군데 올이 풀려 있었다.

그것을 받고 다시 한 번 그녀의 뜻을 확인했다.

“정말로 괜찮겠어? 흔들리기도 할 테고, 여러모로 힘들 텐데.”

“나도 아르크 씨를 구하고 싶어. 그리고 우사토가 그 어떤 터무니없는 짓을 하더라도 난 익숙해.”

어젯밤 3층에서 뛰어내렸을 때 「무서워워워!」라고 말했던 소녀라고는 생각할 수 없을 만큼 씩씩한 말이구나.

나는 말없이 고개를 끄덕이고서 그녀에게 등을 보이며 웅크려 앉았다.

등 뒤에서 말없이 다가온 아마코는 내 목에 팔을 두르고 작게 점프하여 업혔다.

다리를 허리에 단단히 감은 아마코를 확인한 나는 천천히 일어났다.

“예상보다 문제없을 것 같네.”

이것이 나와 아마코의 작전— 그녀가 예지하고 내가 움직여 공격한다.

잘만 맞물린다면 대부분의 상대는 우리에게 공격을 맞추기도 힘들 것이다.

"좋아, 이대로 천으로 고정해 버리자."

아까 받은 길쭉한 천으로 너무 조이지 않게 아마코의 몸을 내 등에 고정했다.

역시 가볍네. 중량 문제는 없는 것이나 마찬가지였다.

"아마코, 어디 불편한 곳은 없어?"

"……우사토, 아무렇지도 않아?"

아무렇지도 않냐니, 무슨 뜻이지?

……하하, 과연 그렇군.

"아마코, 그런 걸 신경 쓰기에는 3년쯤 이른끄엑!"

목에 둘린 팔에 힘이 들어가 꽉 졸렸다.

"억, 그만……."

얼굴이 파래져서 목에 둘린 팔을 두드리자 직성이 풀렸는지 느슨해졌다.

"다음은 없어."

"……예? 아, 넵."

숨을 몰아쉬고 있는 내 귓가에 입을 가까이 가져다 댄 아마코의 목소리는 더할 나위 없이 차가웠다.

무심코 떨리는 목소리로 대답해 버렸는데, 이거 뭐지? 어느새 내 생살여탈권을 아마코가 쥐고 있어.

뒤에서 느껴지는 위압감에 식은땀을 흘린 나는 마음을 다잡고 블루링 쪽으로 의식을 돌렸다.

"블루링. 준비는 다 됐어?"

"크앙!"

내 물음에 블루링은 파란색 거구를 털며 우렁차게 외쳤다.

이 녀석도 준비는 끝난 모양이다.

"아마코, 넌 예지에 집중해 줘. 내가 있는 한 어떤 공격도 방해도 네게 미치지 않게 할 거야."

"괜찮아. 믿고 있어."

그럼 됐고.

블루링과 나란히 서서 네아가 있는 저택 쪽을 보았다.

작전은 단순하다. 단숨에 네아를 때려눕히고 아르크 씨와 좀비를 해방한다.

마을 사람들을 해방할 수 있을지는…… 아직 내 안에 의문이 남아 있어서 단언할 수는 없었다.

그녀가 무슨 생각으로 마을 처녀 네아로서, 테트라 씨의 딸 같은 존재로서 살았는지 그 이유는 알 수 없다.

하지만 그것과는 관계없이 동료는 돌려받겠다.

"자…… 가자!"

"크오오오오오—!"

달라붙는 아마코의 힘이 세짐과 동시에 나는 힘차게 발을 내디뎠다.

***

얼마 안 달려 저택의 윤곽이 보이기 시작했다.

저택 3층, 나랑 아마코가 어젯밤에 뛰어내렸던 홀에 유일하게 불이 켜져 있는 것을 보고 그녀가 우리를 그곳으로 유인하고 있음을 알았다.

"역시 좀비가 있군!"

저택 주위에 좀비 수십 마리가 보였으나 나랑은 상관없었다. 이 녀석들의 상대는 내가 아니기 때문이다.

"블루링! 방해꾼 처리는 너한테 맡길게!"

"크아아!"

내 앞으로 뛰쳐나간 블루링이 앞길을 막아서는 좀비들에게 몸통 박치기를 먹이며 돌진했다.

상대가 좀비가 아니었다면 틀림없이 크게 다쳤을 위력이었다.

하지만 상대는 계속해서 움직일 수 있는 좀비였다. 뼈가 부러지고 분쇄돼도 몇 번이고 다시 일어난다.

"여길 부탁해!"

일일이 좀비를 상대하고 있을 시간은 없었다.

바깥은 블루링에게 맡기고 아마코와 나는 그대로 저택 안으로 돌격했다.

"예의 바르게 노크하고 들어갈 거라고 생각하진 않겠지? 네아!"

정성스럽게 수리된 문을 걷어차 부수며 안에서 기다리고 있던 좀비와 함께 날려 버렸다.

"오른쪽에 세 마리, 왼쪽에 한 마리, 계단에 세 마리. 괜찮아, 우사토라면 문제없어."

"알겠어. 때린다!"

아마코의 간결한 지시를 들은 순간, 좌우에서 동시에 달려드는 좀비 네 마리에게 주먹을 휘둘러 벽에 처박았다.

사전에 어디로 오는지 알면 대응하기도 편하구나.

"이대로 위로."

계단을 뛰어 올라가니 아마코가 예지한 대로 좀비 세 마리가 나타났다.

좀비 한 마리가 뻗은 손을 냉정하게 잡고 완력으로 휘휘 돌려서 다른 좀비 두 마리 쪽으로 내동댕이쳐 무력화했다.

"똑바로 일직선. 3층, 문 앞에는 아무도 없어."

그렇군, 아무도 없나.

아마코의 말을 듣고 계단을 오르는 속도를 더 높였고, 다 올라간 곳에 있는 문 앞에서 발을 멈췄다.

"잠깐 우사토, 뭐 하려고—."

"그냥 인사야. 아주 사소한 인사."

아마코가 당황하든 말든 주먹을 뒤로 한껏 당겼다.

동료인 아르크 씨가 조종당하게 돼서 우리의 여행이 엉망이 되었다.

내가 화나지 않았을 리가 없다.

"약속한 대로 왔다! 이 히키코모리 흡혈귀야!"

호통과 함께 목제 문에 주먹을 때려 박았다.

힘 조절 없이 휘둘린 주먹은 문을 뚫는 게 아니라 문과 문을 고정하고 있던 경첩을 함께 통째로 날려 버렸다.

"잘 왔어…… 응? 으아아아아아?!"

방 안쪽에 있던 네아는 여유로운 얼굴로 우리를 기다리고 있었던 것 같지만, 갑자기 자신을 향해 날아온 문을 보고 기겁해서 소리지르며 바닥을 굴렀다.

문은 홀의 창문에 격돌하여 그대로 커다란 구멍을 만들었다.

"엇, 내, 내 저택이…… 자, 잠깐만! 들어오는 방식이란 게 있잖아! 고, 고치는 거 힘들었다고!"

"알 게 뭐야! 널 상대하고 있을 만큼 난 한가하지 않아! 무슨 짓을 당하기 전에 때려눕힌다!"

"히익?!"

나는 안색을 바꾸고 비난하는 네아를 무시하고서 주먹을 펴 수도로 그녀의 의식을 빼앗으려 했다. 하지만 그 순간—.

"우사토!"

"읏!"

네아 바로 앞까지 다가가 손날을 쳐든 나를 아마코가 말렸다.

그 목소리와 함께 옆쪽에서 누군가가 다가옴을 알아차리고 황급히 네아에게서 떨어졌다.

그러자 조금 전까지 내가 있던 곳에 검이 내리쳐졌다.

"……!"

진회색으로 빛나는 투박한 검과 중후한 갑옷.

숨을 헐떡이고 있는 네아를 지키듯 선 기사, 아르크 씨는 공허한 눈으로 이쪽을 지그시 노려보고 있었다.

"위, 위험했어……. 후, 후후후, 어때? 형세 역전이네."

태도를 바꾸고 득의양양한 얼굴로 일어난 그녀는 자연스럽게 아르크 씨 뒤에 숨으며 이쪽을 도발하듯 웃었다.

틈을 봐서 움직이려고 했지만 그에 맞추어 아르크 씨의 몸이 내가 달려들려는 방향으로 흔들렸다.

섣불리 뛰쳐나갈 수는 없는 건가…….

"……보내 주지 않을 생각인가요, 아르크 씨."

"……."

침묵.

네아의 지배하에 놓여 있어도 그는 자신이 지켜야 할 대상을 지키려 하고 있었다.

오랫동안 링글 왕국의 성문 수위를 맡았던 그의 『수비』는 간단히 돌파할 수 없을 것이다.

"하아, 곤란하네."

한숨과 함께 이 이상 네아를 공격하는 것은 무리임을 깨달은 나는 들고 있던 손을 내렸다.

손을 내린 내 모습에 안심했는지 안도한 표정을 지은 네아는 내가 업고 있는 아마코를 보고 고개를 갸웃했다.

"너희의 그 모습은……. 그렇구나, 아마코는 예지에 집중하고 있는 거네."

"역시 아르크 씨한테 들은 건가."

"물론이지. 그리고 우사토 너에 관해서도 확~실하게 들었어."

걱정했던 대로 들통나 버렸나.

이 이상 귀찮아지기 전에 네아를 쓰러뜨렸으면 좋았을 텐데.

"다른 세계에서 소환됐다며?"

"맞아. 난 이 세계의 주민이 아니야. 사실은 너한테 알려 주고 싶지 않았지만, 이렇게 되어 버렸으니 어쩔 수 없지."

정공법으로 간다. 우선은 아르크 씨를 기절시키고 네아를 치는 거다.

"아마코, 업자마자 미안하지만…… 잠깐 내려놓을게."

"……알겠어."

이 한정된 공간에서 아마코를 업은 채 아르크 씨를 상대하기는 힘들다.

그가 진심으로 쓰는 화염마법의 위력이 어느 정도인지 파악하지 못한 상태이기 때문이다.

"불을 상대하는 건가……."

불이라고 하면 먼저 떠오르는 것은 루크비스에서 나크와 싸웠던 미나의 작렬마법.

그녀의 마법처럼 광범위하게 불이 날아온다면, 나는 몰라도 등에 있는 아마코가 무사하지 못할 것이다.

내가 아마코를 내리고 주먹을 들자 아르크 씨도 말없이 검을 들었다.

"알고 있겠지만 봐주지 않을 거야. 너의 무용담도, 강함도, 튼튼함도, 전~부 아르크한테 들었으니까 진심으로 싸우게 할 거야. 그리고 나도 아주 조금 힘을 보탰지."

"힘을 보탰다고……?"

아르크 씨한테 무슨 짓을 한 건가?

아니면 이 괴악한 취미의 갑옷을 입힌 것에 뭔가 의미가 있는 건가?

그를 다시 봐도 공허한 눈과 전신을 덮은 갑옷 말고는 달라진 점이 없어 보였다.

싸워 봐야 알 수 있는 건가…….

"해치워."

"읏!"

그녀의 목소리와 동시에 몸을 낮춘 아르크 씨가 단숨에 이쪽으로 달려왔다.

검 표면에는 불꽃이 휘감겨 있었고, 손쉽게 목표물을 양단할 만한 예리함이 내포되어 있음을 알 수 있었다.

"뜨거워!"

"……."

위에서 내리치는 일격을 뒤로 물러나 회피하며 주먹에 치유마법을 둘렀다.

좀비를 상대로는 내 치유마법이 의미가 없었지만 살아 있는 상대에게는 유효하다.

치유 펀치로 의식을 빼앗자.

"할 수밖에 없어!"

그러려면 그의 검을 피해 품 안으로 뛰어들어야만 한다.

루크비스에서 하르파 씨와 승부했을 때는 그가 곤봉을 썼기에 나도 막을 수 있었지만 이번 상대는 검, 맞으면 베인다.

단순하지만 그것만으로도 전혀 달랐다. 잠깐의 방심이 치명상으로 이어진다.

"우왓?!"

불꽃을 휘감은 올려베기가 내 코끝을 스쳤다.

얼굴에 훅 끼치는 열기에 식은땀을 흘리며 아르크 씨와 거리를 벌렸다.

"맞으면 단순한 화상으로 안 끝나겠어……!"

네아는 날 죽일 마음이 없겠지만 반송장 이상으로 만들어도 된다고 생각하는 모양이었다.

이 싸움은 질질 끌면 안 되겠네…….

"죄송해요, 때릴게요!"

주먹을 세게 움켜쥔 나는 횡으로 검을 휘두른 그의 품에 뛰어들었다.

"하앗!"

"……?!"

오른손을 뻗어서, 검을 든 아르크 씨의 오른손을 붙잡았다.

경직된 그의 품에 파고든 나는 그대로 왼손 치유 펀치를 그의 가슴에 때려 박았다.

“이걸로—!”

치유 펀치가 작렬한 느낌이 확실히 들었다. 기절하진 않더라도 거의 까무러칠 만한 위력으로 때렸다.

이제 네아만 상대하면 된다. 그렇게 생각하고 아르크 씨에게서 떨어지려고 한 순간, 주먹을 때려 박은 가슴 보호구에 이상한 문양이 떠올라 있음을 깨달았다.

“뭐야?!”

내 몸을 구속했던 마술과 비슷한 문양.

그것이 가슴 보호구에서 발밑으로 이동하듯 명멸하고 있었다.

발밑으로 흘러가는 문양은 마치 내가 아르크 씨에게 가한 공격을 흘리고 있는 것 같았다.

“읏, 설마?!”

동요한 짧은 빈틈을 놓치지 않은 아르크 씨는 검을 들지 않은 왼손을 내 복부에 댔다.

걸려들었어?! 그 말이 머릿속에 떠올랐을 때는 이미 한발 늦은 상태였다.

“윽?!”

낭패감을 느끼면서도 전신에 치유마법을 두른 순간, 아르크 씨의 손바닥에서 압축된 불덩이가 생기더니 무시무시한 충격이 내 몸을 덮쳤다.

나는 속수무책으로 날아가 장식되어 있던 갑옷에 등을 부딪쳤다.
“우사토!”
“……아니, 괜찮아. 걱정할 필요 없어.”
당황한 아마코가 이쪽으로 달려오는 것을 손으로 제지하며 일어났다.
“후우…….”
단복의 복부가 까맣게 변했지만 구멍이 뚫리지도 않았고 다치지도 않았다.
화염검과는 달리 조금 전의 불덩이는 상대를 날리는 것이 목적일지도 모르겠어.
“설마 내 주먹이 통하지 않을 줄이야…….”
“어어, 왜 멀쩡한 거야……? 직격했을 텐데?”
네아가 믿을 수 없다는 표정으로 이쪽을 바라봤다.
나는 단복에 묻은 검댕을 털고서 그녀의 의문에 답했다.
“단련했으니까.”
“아니아니, 그거 이상하다고…….”
애초에 로즈의 주먹을 견딘 내게 이 정도 충격은 아무렇지도 않았다.
그보다도 아르크 씨에게 입힌 저 갑옷은 뭐지?
아르크 씨 개인의 능력이 아닌 것은 확실하지만, 네아가 지닌 흡혈귀나 네크로맨서의 능력도 아니다.
저 문양을 보건대 답은 하나밖에 없었다.

"두 번째 마술인가?"

"정답!"

내가 맞춘 것이 기쁜지 네아는 활짝 웃으며 검지로 이쪽을 가리켰다.

그런 얼굴은 천진난만한데 말이지.

그걸 보고 있는 내 입장에서 그 천진난만함은 오히려 무서웠다.

"그가 입고 있는 갑옷에는 내가 특별히 만든 『내성의 주술』이 담겨 있어. 성능은 간단해. 내가 술식에 넣은 공격은 전부 흘려 버려. 지금 그에게 걸려 있는 건 너의 체술에 대한 내성이지."

내 체술에 대한 내성?

영문을 모르겠다는 내 표정을 보고 기분이 좋아졌는지 네아는 의기양양하게 말을 자아냈다.

"하지만 이 마술에는 결점도 있어. 넣을 수 있는 내성은 하나뿐이고 효과 범위는 아르크 개인으로 한정돼. 정말~ 쓰기 너무 까다로워서 활약할 기회가 적은 불쌍한 마술이야."

쓰기 까다롭다, 인가…….

"꽤 간단히 가르쳐 주는구나."

"그치만 모르는 채로 지는 건 속이 쓰리잖아?"

그 말투는 조금 열받는데…….

하지만 그녀가 아르크 씨에게 건 마술은 내게 최악의 종류였다.

주먹으로 때리는 것도, 발차기도 전부 막힌다면 손쓸 방도가 없다.

그런 내 생각을 헤아렸는지 네아는 입을 초승달 모양으로 만들었다.

"후후후, 만약 아르크를 움직이지 못하게 만들고 싶다면 거기 있는 검이나 도끼를 써서 공격하면 돼. 아니면, 그래. 공격 계통 마법을 써도 되겠다! 아르크 씨가 죽어도 상관없다면 말이야! 아하하하하!"

즉, 체술을 이용한 물리 공격은 의미가 없으니 다른 살상 가능한 무기로 그를 막으라는 건가? 그런 일은 당연히 무리다.

내가 공격마법을 쓰지 못한다는 것을 알면서 굳이 공격마법을 예시로 들다니, 처음에 결판내려고 한 걸 은근히 마음에 두고 있나 보네.

심지어 굉장히 짜증 나게 웃으면서 도발하고 말이야.

"하아……. 역시 지금 내게는 손쓸 방도가 없어."

"그럼 포기하는 걸 추천할게. 아르크를 쓰러뜨려도 내게는 아직 비장의 패가 남아 있어. 이 상황에서 네가 아무리 애써도 내 승리는 확고해."

포기한다…… 포기한다라…….

나는 그 말을 마음속으로 되뇌며 비뚜름하게 입꼬리를 올렸다.

"건방진 소리 지껄이지 마."

"읏?!"

"난 절대 아르크 씨를 버리지 않을 거고, 포기하지도 않을 거야. 고작 주먹과 발차기를 못 쓰게 됐다고 멈춰 설 것 같아?"

발밑에 흩어진 갑옷의 팔을 떼어내 양팔에 끼웠다.

철제 건틀릿…… 오래 버틸 수는 없겠지만 이거라면 아르크 씨의 화염검도 막을 수 있을 것이다.

건틀릿을 끼운 손으로 머리카락을 쓸어 올리고, 아르크 씨의 뒤에 있는 네아를 노려보았다.

"넌 지식만으로 날 알았다고 생각하는 모양인데, 내가 이 세계에 와서 축적한 경험과 구명단에서 배운 모든 것을 알고 있을 리는 없어."

"그래서 널 붙잡아서……!"

"강제로 듣겠다? 그건 네가 날 붙잡을 수 있을 때 얘기지. 그리고 네가 모르는 걸 하나 가르쳐 줄게. 난 지기 싫어하는 성격이라 쉽게 포기하지 않아."

날붙이를 피하는 것이라면 모를까, 막는 것은 처음이다.

"방심하면 죽을 수도 있어……."

양 주먹을 맞부딪쳐 상태를 확인한 나는 심호흡과 함께 주먹을 들었고, 검을 똑바로 든 아르크 씨와 마주 섰다.

사지를 이용한 타격이나 그에 따르는 충격도 듣지 않는다면 통하는 것은 무기를 사용한 공격. 아르크 씨를 살상이 가능한 흉기로 막는다는 방법도 있지만, 그를 구하기에는 위험도가 너무 높다.

"그럼 다른 방법을 써야지."

현재 할 수 있는 것이 아무것도 없다면, 싸우면서 그를 구할 수단을 모색하겠다.

그러려면 그에게서 떨어지지 않고 공격을 가해야만 했다.

회피하고, 건틀릿으로 막고, 그 끝에서 활로를 찾아내겠다.

오른손을 앞으로 내밀고 왼손을 허리 높이로 들었다. 발은 언제

든 움직일 수 있게 오른발을 반걸음만 앞으로 내디뎠다. 어떤 공격이 와도 대응한다!

"자, 덤벼!"

내 목소리에 응답하듯 아르크 씨가 돌진과 함께 검을 휘둘렀다.

이에 나는 내리쳐지는 검을 확실하게 눈으로 보고서 그 칼끝에 건틀릿을 낀 오른쪽 주먹을 부딪쳐 살짝 오른쪽으로 흘렸다.

"……?!"

"느려!"

여전히 공허한 눈을 살짝 크게 뜬 그에게 그렇게 단언했다.

"이래서야 절 벨 수 없어요, 아르크 씨!"

내심 엄청 무서웠다.

검을 쓰는 상대에게 일부러 불리한 근접전을 시도해야 하는 것은 상당한 공포였다.

하지만 나 말고는 누구도 아르크 씨를 구할 수 없다.

그를 위해서도, 우리를 위해서도, 절대 뒤로 물러날 수는 없었다.

"내가, 해야만 해!"

몸을 숙여 횡으로 휘두르는 검의 일격을 피했다.

그러면서 동시에 품으로 파고든 나는 그의 어깨를 힘껏 끌어당겨 복부에 무릎을 때려 박았다.

어떤가 싶어서 그의 갑옷을 보았지만 공격이 통한 것 같지는 않았다.

아무래도 몸을 눌러서 가하는 일격도 내성의 범주인 모양이었다.

"어이쿠!"

아르크 씨의 손에 마력이 모인 것을 알아차리고 즉각 거리를 벌렸다.

조금 전에는 거의 다치지 않았지만, 무방비한 얼굴에 저것이 직격한다면 아무리 나라도 멀쩡할 순 없다.

뒤로 물러난 내가 자세를 바로잡기 전에 아르크 씨가 다시 달려들었다.

"쉴 틈도 안 주는 건가!"

빨갛게 타오르는 검이 불똥을 튀기며 몇 번이고 휘둘렸다. 피할 수 있는 공격은 피하고, 건틀릿으로 튕길 수 있는 것은 그대로 막아서 철저히 수비했다.

"뜨거워……."

그가 검을 휘두를 때마다 숨이 막혔고 살이 따끔거렸다.

회전하며 체중을 실어서 대각선으로 내리치는 공격을 오른손에 찬 건틀릿으로 튕기고, 찔러 들어오는 검을 몸을 틀어 회피하고, 숨 돌릴 틈도 없이 잇따라 엄습하는 연속 공격도 전부 건틀릿으로 막았다.

하지만 검을 막던 오른팔이 점차 뜨거워져서—.

"앗뜨?!"

손등과 팔이 빨갛게 변색된 것을 보고 황급히 오른쪽에 찬 건틀릿을 벗어 바닥에 던졌다.

그대로 계속 차고 있었으면 분명 건틀릿이 부서지거나 큰 화상을 입었을 것이다.

"후우— 후우— 정말이지, 불이란 건 성가시네."

나크는 미나를 상대로 용케 맞섰다.

나는 오른손에 입김을 불며 왼팔에 찬 건틀릿으로 검을 흘렸다.

"응……?"

그때, 아르크 씨의 팔이 약간 떨리는 것을 보았다. 그와 함께 움직임이 어딘가 어색해져 있었다.

그런 그를 보고 나는 어떤 추측을 세웠다.

"설마 체력에 한계가 온 건가……?"

사람이 움직임에 있어 피할 수 없는 문제……. 나는 그 한계가 남들보다 아주 조금 높지만, 평범한 사람이라면 무호흡에 가까운 운동은 몸에 부담을 줄 것이다.

게다가 방어에 집중하고 있는 나보다도 공격하는 아르크 씨 쪽이 피로해지는 것은 필연이었다.

보통이라면 여기서 나와 거리를 벌려 숨을 가다듬고 체력을 회복해야 했다.

하지만 그의 몸의 주도권은 네아에게 있었다. 그녀의 명령을 완수할 때까지 그는 검을 멈출 수 없다.

"조종당하지 않았다면……."

체력의 한계 따위 내가 눈치채지 못하게 했을 것이다.

그라면 이런 무식한 근접전이 아니라 내가 어려워하는 테크니컬한 전법으로 농락했으리라.

조금 둔해진 그의 검을 보지 않고 피하며 시선을 네아에게 옮겼다.

"가라! 해치워 버려! 거기야!"

막기만 하는 나를 보고 이기고 있다고 생각했는지 그녀는 매우 기분이 좋아 보였다.

관전 중인 네아를 보고 그녀가 전투에 그다지 뛰어나지 않음을 확신했다.

아까 들어오자마자 일격을 먹이려고 했을 때 기겁했던 것은 내 공격에 간단히 쓰러질 것이라는 자각이 있었기 때문이다.

그렇다면 아르크 씨의 몸이 망가지기 전에 그녀를 치면 된다. 하지만 그것은 눈앞에 있는 아르크 씨가 허락해 주지 않았다.

그 외의 방법으로 네아를 공격할 수 있다면…….

"……! 그래!"

반대로 생각하자.

이쪽에서 직접 공격할 수 없다면 다른 수단을 쓰면 된다.

"그렇게 정했으면—!"

"……!"

다시 아르크 씨 쪽으로 의식을 되돌리고 바닥을 뚫을 듯 박차서 아르크 씨의 품에 파고들었다.

이대로 공격해 봤자 아까와 똑같은 결과가 되겠지만 이번에는 조금 달랐다.

"하앗!"

이번에는 정면으로 때리는 것이 아니라 밑에서 쑤시듯 가슴 보호대에 주먹을 때려 박아 그의 몸을 밀어 올렸다.

위력도 충격도 무효화되겠지만 밀어 올리는 힘은 무효화되지 않을 터!

"윽……!"

그 생각이 틀리지 않았는지 아르크 씨의 몸이 살짝 떠올랐다.

나는 씩 웃으며 네아 쪽을 보았다.

"자! 각오해라! 네아!"

"힉?! 엇, 왜 날?!"

얼빠진 소리를 낸 그녀를 노려본 나는 허공에 뜬 아르크 씨의 갑옷을 잡아 네아가 있는 창가로 힘껏 던졌다.

물론 마술과 갑옷으로 보호받고 있는 아르크 씨는 다치지 않을 것이다.

하지만 그 밑에 깔릴 누군가는 무사할 수 있으려나?

"어, 어?! 아직도 날 노리고……."

아르크 씨는 맹렬한 기세로 네아를 향해 날아갔다. 갑작스러운 일에 네아는 다리가 풀렸는지 움직이지 못했다.

"아, 아르크! 멈춰!"

"……!"

하지만 네아에게 부딪치기 직전에 아르크 씨가 바닥에 검을 박아 제동을 걸었다.

낙법도 취하지 못한 채 바닥에 떨어진 아르크 씨의 갑옷이 덜커덩거리며 요란한 소리를 냈다.

꽤 무리한 자세로 멈췄네.

"칫……. 멈췄나."

"뭐, 뭐야, 얘. 제정신이 아니야……. 다른 방법도 있을 텐데, 얼마나 날 노리는 거야……."

제정신이 아니라니 그게 무슨 소리야.

뭐, 됐어. 몇 번이고 해 주겠어.

다시 주먹을 들자 무리한 자세로 낙하한 아르크 씨가 신음하며 일어났다.

"윽, 으윽……."

"……어라?"

효과가 있네.

내가 던져서 입은 대미지는 아닐 테고.

떨어졌을 때, 갑옷의 무게와 자신의 무게 때문에 입은 대미지인가?

모든 충격을 막지는 못하는 건가.

"그렇군……."

내성의 주술에 관해 조금 알 것 같다.

"즉, 네가 말한 내성의 주술이란 건 정말로 타격 기술**에만** 내성을 가지게 하는 마술인 거구나……. 그럼 긴말할 필요 없지. 조금 전의 요령으로 아르크 씨를 너한테 계속 던져서 아르크 씨를 기절시키겠어."

"……동료잖아? 그를 몇 번이고 때리다니…… 네, 네가 할 수 있을까?"

목소리가 이상하게 튀고 있어, 네아.

그녀의 말에 나는 망설이지 않고 고개를 끄덕이며 주먹을 들었다.

"해야만 해. 내가 방어에 전념했던 이유 중 하나는 아르크 씨가 나와 아마코를 베지 못하게 하기 위해서였어. 우리를 상처 입혀서 그가 후회하게 만들고 싶지 않으니까, 아르크 씨를 막겠어."

내 말에 네아는 표정을 조금 굳혔다.

"예상 이상이네. 이건 할 수밖에 없겠어……."

그리고 무슨 생각을 했는지 네아는 아르크 씨를 향해 손바닥을 들고 뭐라고 작게 중얼거렸다.

방구석에 있는 아마코에게 눈을 돌렸지만 수인인 그녀에게도 들리지 않는지 고개를 가로저었다.

"사실은 여기서 끝내는 편이 좋았겠지만……. 너희한테도 말이야."

"……무슨 뜻이지?"

그녀가 대답하기 전에 아르크 씨가 앞으로 나왔다.

어느 정도 호흡을 가다듬은 것 같지만 그래도 아직 움직임은 어색했다. 그녀가 어떤 대책을 강구하든 간에 조금 전의 방법으로 계속— 응?!

"아니?!"

느닷없이 커다란 불덩이가 날아왔다.

저택 안에서 불을 쓴 것에 경악하며 황급히 치유마법탄을 불덩이에 맞춰서 직격하기 직전에 상쇄시켰다.

"뭐, 뭐야……?"

조금 전까지는 최대한 주위에 불이 번지지 않도록 싸우고 있었는데 갑자기 불을 쓰기 시작했다.

"눈속임인가……?"

불덩이 때문에 발생한 연기에 휩싸여 그의 공격을 경계했다.

그러자 내 목을 향해 무언가가 쑥 다가왔다.

왼손으로 그것을 쳐 내려고 했지만, 예상과 달리 그것은 방어하고자 든 내 팔을 붙잡았다.

"읏?! 아르크 씨!"

다가온 것은 검이 아니라 팔이었다.

그대로 팔을 붙잡혀 강한 힘으로 빙 돌려졌다.

다리가 바닥에서 떨어지며 속수무책으로 끌려갔다.

"우오오오?!"

그 기세를 몰아 3층에서 던져졌다.

눈 아래에는 움직이지 못하게 된 좀비 위에 올라타 구타하고 있는 블루링의 모습이 보였다.

"저 녀석은 뭐 하고 있는 거야?!"

은근히 충격적인 영상을 보며 공중에서 자세를 바로잡고 착지했다.

나를 알아차린 블루링이 다가오는 것을 곁눈질로 확인한 나는 3층에 남은 아마코를 떠올렸다.

"아마코가……!"

3층에 있는 그녀에게 소리치기 위해 올려다보았으나 그곳에는 발코니 난간을 잡고 아래로 내려오는 아르크 씨가 있었다.

"여기선 안 보여……!"

그 아이는 꽤 대담하니까 이러니저러니 해도 괜찮으리라는 것은 알고 있지만, 걱정된다는 점은 변함없었다.

아르크 씨를 무시하고 구하러 갈까? 아니지, 여기 있는 블루링이 아르크 씨를 상대한다면 자칫 그를 죽여 버릴지도 모른다.

"블루링, 여긴 됐어. 아마코한테 가!"

"크앙?"

"그녀를 부탁할게."

내 다급한 목소리가 통했는지 블루링은 한 번 울고서 망설임 없는 발걸음으로 저택을 향해 달려갔다.

블루링이 갔으니 아마코는 괜찮을 것이다.

문제는 눈앞에 있는 아르크 씨다.

"네가 뭘 하고 싶은지 전혀 이해가 안 돼."

"후후후."

어느새 저택의 지붕 끄트머리에 앉아 있는 네아에게 그렇게 말을 던졌다.

그녀는 보라색으로 빛나는 손바닥을 지면을 향해 들고서 이쪽을 내려다보고 있었다.

"3층에서 떨어뜨린 것 정도로 널 쓰러뜨릴 수 있다고 생각하진 않아. 아르크한테 장소를 살짝 바꾸라고 한 거야. 그가 마음껏 힘을 발휘할 수 있는 장소로 말이지."

순간, 내 앞에 선 아르크 씨가 든 검에서 아까와는 확실히 다르게 불길이 세차게 치솟았다.

실내에서 고요히 칼날을 감싸며 붉게 빛났던 불꽃과는 딴판으로 휘황하게 번쩍이며, 여기까지 열기가 전해질 만큼 엄청난 열량을 방출하고 있었다.

"그 자신도 이런 식으로 마법을 쓰는 건 좋아하지 않는 것 같아. 칼로 벤 상대의 참담한 모습은 그가 추구하는 길과 너무나 동떨어져 있기 때문이라나? 하긴, 이런 검에 베이면 단순한 화상으론 안 끝나겠지."

네아는 그렇게 말하며 조소했다.

한편 내게는 활활 타오르는 검을 든 아르크 씨가 루크비스에서 봤던 미나의 모습과 겹쳐 보이고 있었다.

위력도 범위도 전혀 다르지만, 치유마법사인 나와 불꽃을 쓰는 아르크 씨가 마주 선 형태는 왠지 우스웠다.

"흡사 나크와 미나의 재탕이네."

공포도 두려움도 전부 삼키고서 미나에게 맞섰던 나크.

그의 모습을 상기하며 나는 씩 웃었다.

"그럼 그의 스승으로서 난 이 불길을 극복해야겠지."

네아가 말한 내성의 주술을 공략할 방법은 이제 파악했다.

때려도 걷어차도 의미가 없다면 그 외의 전법으로 공격하면 그만이다.

그리고 나를 실내에서 밖으로 꺼낸 것은 실수라고 할 수밖에 없었다.

"작전을 생각할 때, 아르크 씨가 너한테 충고했을 거야. 날 밖에서 싸우게 하지 말라고, 좁은 실내에서 싸우게 해야 한다고."

"……그게 뭐 어쨌는데? 지금 상황에선 때리고 차는 것밖에 못하는 너보다 광범위하게 화염을 일으킬 수 있는 아르크가 확연하게 유리하잖아."

"그래서 이야기를 들은 것만으로는 알 수가 없는 거야."

구명단을, 그리고 로즈에게 단련받은 나를 얕보지 말라고.

때리고 차는 게 아니라 달리는 것이야말로 내 진가다.

여기서는 바닥이 빠질 걱정도, 근처에 있는 아마코가 휘말릴 걱정도 없다.

"아르크 씨, 지금 구해드릴게요."

"읏! 쓸어 버려!"

네아의 말과 동시에 아르크 씨는 폭발적인 불길을 휘감은 검을 횡으로 휘둘러 부채꼴로 불을 내뿜었다. 무시무시한 열량과 위력을 지닌 불이 뿜어져 나왔지만, 나는 힘껏 지면을 박차 그대로 도약해 부채꼴로 날아온 불을 뛰어넘었다.

"천장도 없고, 벽도 없어."

착지와 동시에 옆으로 달려 그의 측면으로 접근을 시도했다.

하지만 위에서 나를 파악한 네아의 지시로 아르크 씨가 불꽃벽을 만들어 실패로 끝났다.

"그럼 더 빠르게!"

몸의 방향을 휙 반전하여 더욱 속도를 높이기 위해 지면을 세게

박찼다.
그사이에 날아온 불길은 전부 내 뒤쪽으로 빗나갔다. 네아의 지시를 따라 노리고 있는 것 같지만, 나를 상대하면서 그 방식은 좋지 못했다.
"느려…… 너무 느려!"
역시 조종당하는 로봇처럼 똑같은 공격을 되풀이하는 상태로는 안 된다.
미나처럼 종횡무진 작렬하는 마력탄을 마구 뿌리거나, 내 도주로를 만들어 유도해서 단번에 치는 방법을 사용한다면 내 다리도 쉽게 멈출 수 있을 터—.
하지만 조종당하고 있는 그에게는 불가능한 일이다.
아무리 힘을 휘둘러도 그 사람의 본래 실력을 발휘할 수는 없어!
"간다!"
나는 방향을 전환하여 아르크 씨 쪽을 보았다.
네아는 나를 시야에서 놓친 상태였다. 아르크 씨도 엉뚱한 방향을 보고 있었다.
눈치채기 전에 그에게 다가가 의식을 빼앗겠어!
단숨에 거리를 좁혀 그를 붙잡으려고 한 그 순간, 돌연 이쪽으로 방향을 바꾼 그의 눈이 나를 인식했다.
"뭐야?!"
눈치챘어? 아니, 반응한 건가……?!
이쪽으로 몸을 돌린 아르크 씨가 재빨리 검을 대각선으로 내리쳤다.

일단 물러나야 할지, 그대로 감행해야 할지, 다가오는 검을 보며 한순간 망설였으나 즉각 생각를 바꾸어 왼팔을 오른쪽으로 크게 들었다.

"모 아니면 도!"

건틀릿에 감싸인 왼쪽 주먹으로 화염검을 맞받아치는 거다!

우리 스승님은 맨손으로 강철검을 부수는 괴물!

"그 사람이 할 수 있다면 내가 못 할 이유는— 없어!"

내 머리를 양단하려는 듯이 내리치는 검에, 몸을 비틀면서 손등을 부딪쳤다.

나와 아르크 씨 사이에 커다란 불꽃이 튀었다.

"하아아아아아!"

검에서 방출되는 불이 손등을 빨갛게 변색시켰다.

목이 타는 듯한 열기를 견디며 팔에 준 힘을 늦추지 않았다.

"부러져라아아!"

쩌적, 도신 밑동에 금이 가는 감각과 함께 그대로 주먹을 끝까지 휘둘렀다.

불길을 휘감고 있던 칼날은 밑동부터 뚝 부러져서 화염의 잔재를 남긴 채 지면에 꽂혔다.

"……?!"

"좀 아플 거예요, 아르크 씨!"

아직 끝나지 않았다.

그대로 아르크 씨에게 한 걸음 다가간 나는 그의 팔과 멱살을 잡았다.

이것이 내성의 주술에 대한 활로.

타격 이외의 충격, 즉, 메치기!

유도도, 합기도 기술도 아닌, 그저 단순히 힘으로 아르크 씨의 몸을 들어 올려 지면에 내동댕이쳤다!

"이얍!"

"크억?!"

지면이 움푹 파이면서 갑옷이 삐걱거리는 소리가 울렸다.

그의 비통한 목소리에 마음 아파하며 기절을 확인한 나는 그대로 치유마법을 흘려 넣어 대미지를 치유했다.

일단 머리부터 떨어지지 않도록 배려해서 던졌지만, 그를 기절시키기 충분한 충격이었던 모양이다.

"후우……."

아르크 씨에게서 손을 떼고 천천히 호흡을 가다듬었다.

치유 펀치는 치유하며 때리는 기술이지만 이건 던지고 나서 고치는 기술―.

"이름하여 치유 메치기."

정말 실용적인 기술을 고안해 내 버렸어…….

아무튼 아르크 씨를 기절시켰다.

아직 세뇌가 풀렸다고는 할 수 없지만 그것은 네아를 쓰러뜨리면 풀릴 터…….

"그럼—."

왼손에 찼던 건틀릿을 벗어 버리고 빨개진 손에 치유마법을 걸며 네아가 있는 곳을 올려다보았다.

하지만 아르크 씨라는 수족을 잃은 네아는 이 상황에 조금도 동요하고 있지 않았다.

마치 예상했던 것처럼 여유로운 표정으로 이쪽을 내려다보는 그녀의 모습에 나는 이유 모를 오한을 느꼈다.

"남은 건 너뿐이야."

"어머, 과연 그럴까?"

"아무리 좀비를 보내도 내 상대는 못 돼. 이번에는 네가 포기하시지."

"상대가 못 된다라……. 평범한 좀비라면 그렇겠지. 평범한, 좀비라면."

의미심장한 말투네.

"무슨 짓을 할 셈이야?"

"후후후."

씩 웃는 네아를 보고 이 이상의 대화는 소용없다고 생각한 나는 재빨리 그녀를 기절시키려다가 위화감을 깨달았다.

"잠깐."

그녀는 아까부터 지면을 향해 손바닥을 든 채 뭘 하고 있는 거지?

마술 같은 문양은 보이지 않았다. 그저 마력을 지면…… 아니, 저택 밑으로 보내고 있는 것 같았다.

"좀비를 부활시키려는 건가?"

평범한 좀비라면, 방금 말한 대로 내 적수가 되지 못한다. 혹시 블루링 같은 강력한 마물을 좀비로 되살리려는 건가?

하지만 그런 시체는 어디에도…… 설마?!

"아마코가 봤던 지하실의……."

내가 유일하게 보지 않은 곳.

아마코가 무서워할 정도인 무언가가 있었던 곳.

그 생각에 이른 순간, 커다란 파괴음과 진동이 저택에서 울렸다.

"읏, 뭐야?!"

깜짝 놀라서 저택 쪽을 보니 무언가가 밑에서 바닥을 밀어 올리는 듯한 소리와 함께 저택이 삐거덕거리는 광경이 보였다.

무슨 일이 일어나고 있는 거지……?

이해할 수 없는 일의 연속에 멍하니 보고 있으니 저택 입구에서 파란색 덩어리가 튀어나왔다.

"우사토!"

"아마코인가! 블루링, 구해 줬구나!"

아마코를 여기까지 데려와 준 블루링을 칭찬하며, 그의 등에서 내린 아마코에게 이 상황에 관해 물었다.

"아마코, 대체 무슨 일이……."

"생각하고 싶지 않지만, 내가 봤던 **그게**…… 일어나려는 걸지도 몰라."

"뭐가 일어나는 거야? 뜸 들이지 말고 가르쳐 줘."

네아가 위험한 녀석을 일으켰다는 것은 확실하지만, 그 정체가 무엇인지 나는 몰랐다.

그래서 물어보자 아마코는 얼굴이 파래져서 저택 쪽을 보았다.

"커다랗고, 날카로운 이빨을 가지고 있고…… 하나뿐인 눈에서는 엄청난 증오가 흘러넘치던 괴물. 아마 그건……."

그때, 그녀의 말을 막듯 문 너머로 보이는 1층 바닥에서 예리한 발톱이 난 거대한 손이 튀어나왔다. 그리고 또 다른 팔이 바닥에 뚫린 구멍을 억지로 비집으며 더욱 구멍을 넓혀서 저택을 파괴했다.

"아하하하!"

저택이 부서지고 있음에도 불구하고 등에서 날개를 꺼내 공중에 뜬 네아가 웃기 시작했다.

정도를 벗어난 존재를 본 나는 그녀를 노려보았다.

"네아……! 대체 뭘 깨운 거야!"

"뭘 깨웠냐고? 당연한 거 아니야? 널 쓰러뜨릴 존재야."

"……읏!"

저런 것을 일으키면서까지 날 붙잡으려고 하다니…….

크, 아, 그—.

저택 쪽에서 머리카락이 쭈뼛 설 만큼 갈라진 목소리가 들렸다.

한순간의 정적 후, 저택 1층의 중심 부분이 모래 먼지와 함께 날아갔다.

날아오는 나뭇조각을 막으며 시선을 집중했다.

모래 먼지 속, 시야에 날아든 것은—.

“거짓말…….”

비대해진 거대한 앞발.

한쪽만 남은 날개.

부리부리하게 움직이는 꺼림칙한 검은색 외눈.

갑자기 썩은 내가 훅 끼쳐서 코를 막았다.

“저건 뭐야…….”

눈앞의 광경을 믿을 수 없었다.

생물이 아니다. 저런 것이 생물일 수는 없다.

존재만으로도 그 추악함과 사악함이 전해지는 그것은 입을 크게 벌렸다.

“그오오오오오오오오오오오오오!”

지독히 갈라진, 공기가 새어 나오는 듯한 불쾌한 소리와 함께 『수기에서 봤던 모습과 똑같은 용』은 적대자인 우리를 삼키고자 하늘을 진동시킬 만큼 크게 포효했다.

막간 그녀의 수난의 시작

『내일부터 당신에게는 마왕님의 시중을 맡기겠습니다.』

시녀장님께서 명하신 일은 아직 한 사람 몫을 못하는 내게 너무나 부담스러웠다.

도시 생활을 꿈꾸며 시골에서 뛰쳐나온 평범한 마족인 내게 내려진 갑작스러운 명령.

발밑이 와르르 무너지는 착각에 빠진 나는 비틀거리며 일터로 향했다.

내게 주어진 임무는 수백 년 만에 잠에서 깨어난 마족의 왕, 마왕님의 시중을 드는 것이었다.

전속이 아니라, 상사인 시녀장님과 교대하며 근무하는 것이 유일한 구원이었지만, 이것도 시녀장님의 무표정하고 차가운 시선 속에서 일해야 한다는 의미라서 힘들기는 매한가지였다.

솔직히 눈물 날 것 같았다.

절대적이며 압도적인 카리스마를 지닌 마왕님의 시중을 들게 되다니, 영광스럽기 이전에 두렵기만 했다.

마왕님이 무서운 것은 아니었다. 내가 품고 있는 공포는 위대한 존재인 마왕님께 실수를 저지르면 어쩌나 하는 공포였다.

이분에게만큼은 미움받고 싶지 않다, 실망시키고 싶지 않다.

처음 뵌 순간에 나는 마왕님이 내뿜는 위광에 매료되고 말았다.

세심한 주의를 기울이며 마왕님의 시중을 든 지 며칠이 지났다.

무표정한 얼굴로 말씀하시는, 농담인지 진담인지 알 수 없는 잡담.

소리도 없이 방에서 사라지시는 분방함.

무언의 압력 속에서 그의 시중을 들어야만 한다는 심적인 부담.

하지만 그래도 나는 내 책무를 다했다.

그리고 마침내 마왕님 곁에 있는 것에 익숙해졌다고 생각했지만, 그 생각은 간단히 무너졌다.

"크크크, 크하하하하!"

그날 갑자기 마왕님이 유쾌하게 웃기 시작하신 것이다.

눈썹 하나 까딱하지 않고서 입으로만 웃고 있는 마왕님은 솔직히 섬뜩했다.

평범하게 무서웠다. 그 의미를 알지 못해 울 뻔했다.

"왜, 왜 그러십니까? 마왕님."

옆에서 대기하고 있던 나는 없는 용기를 쥐어짜 물었다.

마왕님은 이마를 짚고 한바탕 웃으신 후, 내 쪽을 보았다.

"상당히 그리운 용의 파동을 느껴서 말이지."

"용의 파동? 그렇다면 드래곤……을 말씀하시는 겁니까?"

"이 시대에도 있지 않나? 살아 있는 건 한 마리…… 아니, 두 마리인가. 재미있는 여흥이야. 이것도 녀석의 짓인가?"

마왕님의 말씀은 편안하여 듣는 이의 마음을 매료했다.

하지만 그렇더라도 마왕님의 말씀을 전부 이해할 수 있는 것은 아니었다.

즉, 종잡을 수가 없었다.

"내가 봉인되기 전에 녀석도 나와 마찬가지로 숨이 끊어졌을 터. 정성스럽게 형태를 남긴 채 말이지."

"아, 네……."

"힘이 불안정하군. 누군가가 일으킨 건가? 불순한 마력이 일부 섞여 있어. 어쨌든 불완전한 형태로 깨어나 약체화된 것 같군."

마왕님은 눈을 감고 즐겁게 말씀하셨다.

나로서는 드래곤이라는 괴물이 지금 세상에 살아 있다는 것이 더 놀라웠다.

순수한 용의 존재는 현대에 확인되지 않았으니까.

"저기, 외람되오나 여쭙겠습니다. 저는 마왕님께서 무슨 말씀을 하시는지 잘 모르겠습니다만…… 드래곤은 와이번 같은 비룡과는 다릅니까?"

"그런 길들여진 마물과는 다르다. 깨어난 것은 생물의 정점에 선 괴물, 사룡이다."

"사룡?"

"힘을 가진 재해, 타기해야 할 존재다."

그렇게 말씀하시는 마왕님은 신랄한 어조였지만 즐거워 보이기도 했다.

"성가신 녀석이야. 이야기를 듣지 않고, 생각하지 않고, 자신의 본능만을 따르며, 뛰어난 지혜를 타고났음에도 지능을 포기한 어리석은 생물이지."

그런 생물은 상상이 가지 않았다.

이제껏 그런 존재가 있었다는 사실조차 몰랐고, 지금 그 존재가 어딘가에서 깨어나 날뛰려 한다는 것도 왠지 현실미가 없었다.

"녀석의 머릿속에 있는 건 파괴와 증오뿐이야. 한 번 이용한 적이 있는데, 불과 하룻밤 만에 세 나라가 재로 변했지. 이렇게 말하면 사룡이 얼마나 위험한 존재인지 알겠나?"

"……그건, 정말로 무섭군요."

하룻밤 만에 세 나라가 멸망하다니 예삿일이 아니다.

나도 마왕님께서 봉인 전에 행하셨던 침략은 알고 있지만, 그래도 하룻밤 만에 그 정도 수의 나라를 멸망시킨 작전은 없었다.

"녀석을 이용하는 건 간단해. 파괴할 장소를 제공하면 그만이니까. 하지만 고삐를 잡고 제어하려고 하면 녀석은 즉각 덤벼들지. 나조차 쉽게 죽일 수 없는 존재야."

그럼에도 할 수 없다고 말씀하지 않는 것을 보면 역시 이분은 규격을 벗어난 존재라고 재확인했다.

하지만 마왕님조차 쉽게 죽일 수 없다는 그 사룡은 인간뿐만 아니라 우리 마족에게도 해를 끼치지 않을까?

"그럼 내버려 두는 것은 위험하지 않습니까……?"

"걱정할 것 없다. 약체화됐다고 하지 않았나. 녀석의 힘은 전성기보다 현격히 떨어져 있어. 내가 손쓸 필요도 없이 알아서 스러질 것이다."

쇠락이란 무섭군, 하고 마왕님은 과장된 동작과 함께 말씀하셨다.

그 표정을 보면 조금도 걱정하고 있지 않음을 알 수 있었지만, 마왕님은 이내 턱에 손을 대고 말씀을 이으셨다.

"하지만 내버려 둔다면 상당수의 인간이 죽겠지. 수백 년간 이어진 봉인과 약해진 몸은 안 그래도 단순했던 녀석의 사고를 더욱 아둔하게 만들었을 거야. 파괴 충동에 더욱 박차가 가해지고, 증오의 화살은 자신을 봉인한 자에게 향하겠지. 선대 용사…… 녀석이 자식을 남겼다면 그 혈연. 그리고 녀석과 같은 세계에서 소환된 두 용사. 아니, 정확히는 비슷한 『냄새』가 나는 자라면 전부 증오의 대상이 될 수 있을 것이다."

"그건 마치……."

"짐승 같은가?"

내 말을 예측한 마왕님은 계속해서 말씀하셨다.

"맞아, 짐승이다. 녀석만큼 본능에 충실하고, 끔찍하고, 오만하며, 이 세상에 존재할 의미가 없는 생물은 없어. 하지만 반대로 말하자면 녀석만큼 순수한 생물도 없지. 나는 녀석을 진심으로 경멸하지만, 어느 정도 평가는 하고 있어. 그렇기에 녀석은 죽었어야 했어. 그때 용사가 끝장냈어야 했어."

"봉인한 것은 용사이지 않습니까? 그로서는 쓰러뜨릴 수 없었던 것이 아닐까요."

"바보 같은 소리. 그 용사가 사룡을 쓰러뜨리지 못할 리가 없지 않나. 쓰러뜨리지 못한 것이 아니라 쓰러뜨리지 않은 것이다."

"……?"

영문을 모르겠다.

나는 조금 혼란스러워졌다. 마왕님의 이야기만 들어도 사룡이 상당히 민폐를 끼치는 존재임을 알 수 있었다. 인간에게는 더더욱 그럴 것이다.

그런데 용사는 쓰러뜨릴 수 있을 터인 사룡을 굳이 봉인했다는 건가?

어떤 의도로 그런 일을 한 것일까.

고개를 살짝 기울인 나를 힐끗 보신 마왕님은 자신을 가리켰다.

"나도 마찬가지다. 녀석은 나도 살려줬어. 방법은 다르지만 말이지."

"마왕님께서? 용사가 마왕님을 살려 뒀다는 건가요……?"

"그래. 그래서 나는 산 채로 봉인됐던 거겠지."

용사는 마왕님조차 뛰어넘는 힘을 가지고 있었다는 건가?

사룡도 마왕님도 굴복시킨 용사는 온정과 자비의 마음으로 『봉인』이라는 형태로 벌을 내렸다.

그렇게 생각하는 것이 자연스러우리라.

그것이 사실이라면…….

"용사는 상당히 물러 터진 분이었군요."

나는 말을 골랐다.

솔직한 심정을 말하자면 「적에게 자비를 베풀다니 어리석다」고 생각했다.

하지만 마왕님은 내 말을 예상하고 계셨는지 짓씹는 듯한 미소를 지으셨다.

“크크큭, 물러 터졌다라…… 그런가, 물러 터졌나…….”

“마왕님……?”

어깨를 떠는 마왕님의 모습에 당황했다.

한바탕 웃고 자리에 등을 기댄 마왕님은 옆에 선 내게 유쾌하게 말씀하셨다.

“너, 이름은?”

“아……. 시, 시엘이라고 합니다.”

“그럼 시엘. 오늘부로 넌 정식으로 내 전속 시녀다.”

“……예?”

갑작스러운 전속 선언.

심지어 마족의 정점에 서 계신 마왕님의 전속이라니?!

내게는 너무 부담스러운 이야기에 경직되었지만, 반면 마왕님은 기분 좋게 턱을 괴셨다.

“마왕이란 직책은 심심하거든. 이야기 상대가 없으면 아무것도 할 게 없어. 그런 점에서 넌 반응이 재미있군. 아무튼 여기 있는 자들은 너무 순수하니 말이야.”

“그건 넌지시 제가 순수하지 않다고 말씀하시는 것처럼 들립니다만…….”

“그렇게 말하고 있는 거다.”

“……저, 말대답하는 듯하여 송구합니다만, 전 순수합니다.”

순수하지 않다는 단언에 조금 발끈한 나는 무례인 줄 알면서도 말대답하고 말았다.

하지만 내가 그렇게 무례한 태도를 보여도 마왕님은 기분 좋게 웃으셨다.

"내가 아는 순수한 자들은 모두 내 앞에서 벌을 받고 싶어 하니 말이지. 네가 그걸 원한다면 그렇게 해 주겠다만?"

"……."

아아, 그랬다.

시녀장님도, 군대에 소속된 분들도 다들 마왕님을 존경하고 있다.

아니, 존경이라기보다 『숭배』에 가까울 것이다.

『이분에게만큼은 버려지고 싶지 않다.』

마왕님 앞에 선 자는 누구나 그렇게 생각할 터—.

그렇게 생각하기에 사소한 실수조차도 용납할 수 없는 우리는 자신을 훈계하고자 벌을 바란다.

하지만 그것은 우리의 감정이지 마왕님의 감정이 아니다. 요 며칠간 마왕님의 시중을 들며 알게 된 사실이 있다. 그는 우리와 대화하는 시간을 소중히 여기고 있었다.

분명 이분은 우리가 생각하는 것보다 냉혹한 존재가 아닐 것이다.

"어떤 심정이신지 알겠습니다."

"그래, 알면 됐다. 알면 됐어."

이때 나와 마왕님의 마음의 거리가 아주 조금 가까워진 기분이 들었다.

마왕님은 내가 상상했던 것보다도 훨씬 사려 깊고 이례적인 분이시라고, 이때를 기점으로 나는 알아 가게 되었다.

외전 나크, 링글 왕국으로의 여정

오랜만에 인사드립니다.

먼저, 부디 이 편지를 끝까지 읽어 주셨으면 합니다.

이 편지는 제가 당신들의 아들로서 보내는 마지막 편지입니다.

읽은 뒤에는 태우든 찢어 버리든 마음대로 하세요.

우선 저를 루크비스에 보내 주셔서 감사합니다.

이유야 어쨌든 간에 제가 지금까지 살아올 수 있었던 건 부모님 덕분입니다.

솔직히, 말로는 표현할 수 없을 만한 감정을 당신들에게 가지고 있었고, 아무것도 할 수 없는 무력한 자신을 가장 저주했습니다.

하지만 제가 이렇게 살아 있을 수 있는 건 틀림없이 부모님이 키워 주신 덕분입니다. 설령 순간적인 애정이었을지라도, 그것이 저를 살게 한 건 틀림없습니다.

그러니 맨 먼저 감사 인사를 올립니다.

그럼 본론으로 넘어가겠습니다.

저는 귀족으로서의 이름을 버리겠습니다.

아가레스라는 성(姓)을 버리고 그저 나크로서 저만의 인생을 걷고 싶습니다.

이 편지를 읽은 당신들은 제가 자포자기에 빠졌다고 생각하겠지만, 그건 아니라고 단언합니다.

처음에는 그저 당신들과 멀리 떨어져 살겠다는 막연한 생각을 가지고서 루크비스에서 지냈습니다.

솔직히 말씀드리자면 루크비스에서 보낸 하루하루는 지독했습니다.

누구에게도 도움을 구하지 못하고 그저 버티기만 하는 나날은 그야말로 지옥이었습니다.

하지만 그런 지독한 매일은 여러 만남을 거쳐 바뀌었습니다.

저는 한 치유마법사와 만났습니다.

분명 당신들은 코웃음 치겠죠.

하지만 그래도 제게는 인생을 바꾼 계기가 되었습니다.

당신들이 쓸모없다며 매도했던 마법으로 계속 강해지는 그의 모습은 이제 제게 우상과도 같습니다.

그 사람은 지금의 저로서는 닿을 수 없는 높은 경지에 있습니다.

저는 처음으로 강해지고 싶다고 생각했습니다.

지금까지 자신의 불행을 이유로 줄곧 멈춰 서 있었던 저는 그의 커다란 등을 동경하게 되었습니다.

그래서 저는 스스로 일어날 수 있게 해 준 그 사람처럼 큰사람이 되고 싶다고 생각했습니다.

이제 누구도 트집 잡지 못하게 할 겁니다.

인생을 걸어서라도 해내고 싶은 것을 찾았습니다.

그러니 저는 귀족을 그만두고 그저 『나크』가 되겠습니다.

비웃고 싶다면 비웃으세요.

저는 앞으로 나아갈 겁니다.

부디 저를 잊어 주세요.

안녕히 계세요, 아버지, 어머니.

12년간 키워 주셔서 감사합니다.

가능하다면 동생에게 「안녕」이라고 전해 주세요.

***

편지를 쓰고 그것을 집에 보냈다.

편지에 적은 것 말고 특별한 말은 떠오르지 않았다.

그리고 지금, 마음이 조금 가벼워진 것 같았다.

"……아마도 태워 버리겠지."

그 프라이드 높은 아버지라면 분명…….

시뻘게진 얼굴로 편지를 찢어서 난롯불에 던져 버릴 것이다. 그만큼 웃긴 말을 적었다는 자각은 있고, 알면서 편지를 보냈다.

나는 쉽게 상상이 되는 광경에 쓰게 웃으며 루크비스의 거리를 걸었다.

낯익은 광경이지만, 미나와 싸운 뒤로 그 풍경은 조금 달라졌다.

"이렇게, 활기찬 곳이었구나."

항상 고개 숙이고서 길가를 터벅터벅 걸었기에 전혀 알아보지 못

했는데, 이곳은 이토록 밝고 활기가 넘쳤던 것이다.

흑백이었던 풍경도 다채로워졌다. 기분 하나로 세계는 이렇게나 바뀌는 것인가 하고 깜짝 놀랄 만한 변화가 내게 일어났다.

"하아, 갑작스러운 변화에 의식이 쫓아가지 못하는 느낌이야……."

"오우, 왜 혼자 사색에 젖어 있어? 나크."

"어?"

뒤에서 목소리가 들려 돌아보니 한 손에 여러 과일을 안은 쿄우 씨가 서 있었다.

그는 과일을 깨물며 걸어오더니 내게도 과일 하나를 던졌다.

그것을 허둥지둥 받은 나는 고개를 갸우뚱했다.

"쿄우 씨, 이건?"

"일하는 가게에서 받았어. 하나 줄게."

"감사히 받을게요."

자연스럽게 그와 나란히 서서 걷기 시작한 나는 과일을 한입 베어 물었다.

과일의 단맛과 은은한 신맛에 미소가 절로 지어졌다.

"그래서, 요즘 어때?"

"예?"

"특별히 뭐 달라진 거 없냐고."

달라진 거…… 달라진 거라면…….

"시선이 느껴지게 됐어요."

학원에서도, 거리에서도, 여기저기에서 누군가의 시선이 느껴졌다.

내 말에 쿄우 씨는 고개를 끄덕였다.

"뭐, 그건 어쩔 수 없지. 그보다 지금도 시선이 모이고 있잖아?"

그야 쿄우 씨랑 같이 있기 때문이겠죠. 인간과 수인이 함께 걷는 광경이라니, 평범한 사람에게는 이상하게 보일 것이다.

"주목받는 것 정도로 새삼 쿄우 씨를 멀리할 만큼 박정하진 않아요."

"하! 요게 건방진 소릴 하네? 응? 응?"

"잠깐, 하지 마세요!"

쿄우 씨가 내 머리를 거칠게 마구 쓰다듬었다.

아니, 이쯤 되면 쓰다듬는 영역을 넘어선 것 같지만, 이것도 그 나름의 친애의 표시일 것이다.

그러고 보니 우사토 씨도 내 머리를 쓰다듬어 줬었지.

흐트러진 머리카락을 정돈하며 하늘을 올려다보았다.

"우사토 씨, 어쩌고 있으려나……."

사흘 전쯤에 루크비스를 떠난 내 은인— 우사토 씨가 향하는 곳은 사마리알이라고 들었는데, 지금은 어디쯤에 있을까.

"오우, 뭐야. 우사토가 없어서 벌써 쓸쓸해졌어?"

"쓸쓸한 거 아니에요."

히죽히죽 짓궂게 웃는 쿄우 씨에게서 시선을 돌렸다.

이 사람은 기본적으로 남을 잘 챙기는 성격이지만 상당한 빈도로 놀려 댔다. 인간 친구가 없는 내게 이야기할 상대가 있는 것은 매우 기쁜 일이지만…… 어라? 내가 말해 놓고 왠지 슬퍼졌어.

"저도 슬슬 여길 떠날까 해서요……."

"벌써 가려고?"

"예. 솔직히 이곳도 왠지 있기 불편해졌고……."

아까 말했던 주위의 시선도 그렇지만, 나에 관한 주변의 평가가 달라졌기 때문인지 같은 반 학생들이나 선생님들도 나와 얼마나 거리를 두고 이야기하면 좋을지 몰라서 쩔쩔매는 것 같았다.

어제 있었던 마법 훈련 수업에서는 같은 조가 된 동급생이 노골적으로 날 무서워해서 오히려 상처받았다.

두려움에 찬 내 시선을 받던 우사토 씨의 마음이 조금 이해돼서 숙연한 기분이 들었다.

그런 일도 있었기에 일주일 내로 루크비스를 떠날 수 있게 준비하고 있었다.

"뭐, 고작 한 일이라고는 집에 편지를 보낸 것뿐이지만요."

그것도 싸움을 거는 듯한 내용의 편지를…….

내가 루크비스에서 나간다고 하자 쿄우 씨는 눈앞의 경치로 시선을 옮겨 울적한 한숨을 쉬었다.

"그런가, 쓸쓸해지겠…… 읏!"

"……방금 쿄우 씨, 쓸쓸해지겠다고 말하려고 하지 않았어요?"

"뭐? 아니야! 넌 심심풀이로 딱 좋았는데 없어진다니까 쓸쓸해지겠다고 한 거야!"

"하하하, 똑같은 뜻이잖아요."

"전혀 다르거든?!"

필사적으로 변명하는 쿄우 씨를 보니 왠지 기뻐졌다.

정말로 지금 나는 충실하다는 실감이 들었다.

"하아~ 그렇게 천연덕스럽게 사람을 놀리는 부분은 우사토랑 닮았어."

"그게 정말인가요?!"

"그런 걸로 기뻐하지 마! 방금 그건 칭찬 아니라고!"

닮았다는 말에 나도 모르게…….

어이없어하며 탄식한 쿄우 씨는 머리를 벅벅 긁었다.

"하아, 청승맞은 분위기도 바로 요 모양이 되고 말이야. 역시 넌 우사토의 영향을 꽤 받은 것 같아."

"뭐, 사제지간이니까요."

"영향도 적당히 받도록 해. 넌 아무리 애써도 그 녀석 본인이 될 수는 없으니까."

쿄우 씨의 말에 나는 쓰게 웃었다.

"괜찮아요. 저는 우사토 씨가 되고 싶은 게 아니에요. 우사토 씨랑 어깨를 나란히 할 수 있게 되고 싶어요. 그래서 이곳을 나가 본격적인 구명단 훈련을 받고 싶은 거예요."

"하! 잘 알고 있잖아."

아무래도 모르는 사이에 나는 쿄우 씨에게 걱정을 끼치고 있었던 모양이다.

조금 미안한 기분을 느끼며, 먹고 있던 과일의 마지막 조각을 입에 넣었다.

"그래서, 언제 출발하려고?"

"가능하다면 일주일 안으로요."

"……빠르지 않아?"

"이런 건 속전속결이 좋을 것 같아서요. 그래서 오늘 중으로 학원장님께 학원을 그만두겠다는 취지를 전할 생각이에요."

"……이미 결심을 굳힌 건가. 그럼 말려 봤자겠네."

기막혀하며 한숨을 쉰 쿄우 씨는 씩 웃으며 날 돌아보았다.

"그럼 오늘은 우리 집에 들렀다 가. 나랑 누나가 너의 새 출발을 축하해 줄게."

"……!"

쿄우 씨의 말을 들은 순간, 말로 표현할 수 없는 감정이 벅차올랐다.

이제껏 누군가에게 새 출발을 축하받은 적이 없는 내게 그의 상냥함은 더할 나위 없이 기뻤다.

"네! 기대할게요!"

"그래그래, 기대해. 요리를 만드는 건 누나지만 말이야."

"하하하……."

산통을 깨는 쿄우 씨의 말에 쓰게 웃었다.

"그럼 난 이쪽으로 돌아가니까…… 일단 여기서 헤어져야겠네."

"그러네요."

이런 대낮부터 실례할 순 없고, 나도 학원장님과 여러 가지로 이야기해야 했다.

"학원장님을 직접 만나러 갈 거야?"

"네. 조금 시간이 걸릴지도 모르는데……."

"늦는 건 딱히 상관없어. 뭐, 힘내라."

손을 팔랑팔랑 흔든 쿄우 씨는 과일을 한 손에 안고 골목 안쪽으로 걸어갔다.

쿄우 씨 앞에서는 괜찮은 척했지만, 이 도시의 최고 권력자인 학원장님을 직접 만나러 간다는 것에 나는 매우 긴장하고 있었다.

"하지만 행동하지 않으면 시작되지 않아."

이전의 내가 그랬듯 그저 받아들이고 있기만 해서는 앞으로 나아갈 수 없다.

우사토 씨와 함께 닷새간 훈련하면서, 마침내 나는 일어설 수 있었다.

"좋아! 갈까."

마음을 다잡고 학원 쪽으로 몸을 돌렸다.

학원장님을 만나러 가는 것이 긴장되고 불안하지만, 그것을 전부 삼키고 앞으로 나아가겠다.

학원을 그만둔다는 것을 다른 학생들이 안다면 분명 믿을 수 없다고들 할 것이다.

이곳은 마법을 공부하기에는 최고의 환경이다.

내가 이곳에 입학했을 때, 자포자기하지 않고 성실하게 치유마법을 공부했다면 이곳을 나가자는 생각 따위 하지 않았을지도 모른다.

하지만 내가 지금 하고 싶은 것은 마법 공부가 아니다.

우사토 씨의 등을 좇기 위해 링글 왕국에 갈 것이다.

"구명단원이, 되기 위해……."

***

글래디스 학원장님.

루크비스의 최고 책임자이자 루크비스 학원의 학원장인 그녀는 다망하다.

도시의 유지, 교육, 학원장으로서의 책무, 그 모든 것을 짊어지고 있는 그녀에게 일개 학생인 내가 갑자기 찾아가도 그렇게 간단히는 만날 수 없을 것이다.

만나게 되더라도 학원장 업무가 일단락된 다음일 것이라고 생각한 나는 장시간 기다릴 각오를 하며 학원장실 앞에 섰다.

"후우, 좋아……."

중후한 문 앞에서 작게 심호흡하여 마음을 진정시킨 나는 이내 결심하고 문을 노크했다.

"들어오렴. 나크 아가레스."

"읏?!"

설마 문을 열기도 전에 이름을 불리며 들어오라고 할 줄은 몰랐기에 경악하면서 천천히 문을 열었다.

방 안에는 생글생글 웃고 있는 글래디스 학원장님이 앉아 계셨고, 그녀 앞에는 의자 하나가 놓여 있었다.

"슬슬 올 것 같았어. 자, 사양 말고 앉으렴."

"예? 아, 네……."

어째서 내가 올 줄 알고 있었던 거지…….

학원장님이 권하는 대로 의자에 앉은 나는 학원장실의 독특한 분위기가 불편해서 몸을 작게 꼼지락거렸다.

이 상황은 뭘까. 설마 우사토 씨랑 관계있는 건가?

증거도 없이 우사토 씨 짓이라고 의심하게 되지만…… 아주 틀린 의심은 아니라는 생각이 드는 것이 우사토 씨의 대단한 부분이었다.

"저기, 혹시 오늘 제가 여기 왜 왔는지…… 알고 계신 건가요?"

"그래. 이 학원을 떠나기 위해서 온 거지?"

표정을 무너뜨리지 않는 학원장님을 보고 나는 무의식적으로 얼굴을 찡그렸다.

설마 학원장님은 내가 학원을 그만두지 못하게 하시려는 건가?

일단 형식상 나는 『귀족』이라는 명목으로 이곳에 다니고 있으니, 그렇게 간단히 그만둘 수 없으리라고는 생각했지만…… 설마 이런 상황이 될 줄은 몰랐다.

너무 경솔했어……!

고민하는 표정으로 이를 악문 나를 보고 학원장님은 곤혹스러워하며 고개를 기울였다.

"응? 으음~? 뭔가 오해하고 있는 거 아니니?"

"예? 제가 학원을 그만두지 못하게 하시려는 거 아닌가요……?"

그렇게 말하자 학원장님은 쓰게 웃으셨다.

그녀가 웃는 것을 보고 내 의심이 틀렸음을 깨달았다.

"솔직한 건 좋지만 지레짐작은 좋지 않아."

"아, 네에……."

"걱정하지 마. 확실히 이 학원의 학생인 네가 이곳을 나가는 건 슬프지만, 난 너의 선택을 존중해."

그렇다는 건 학원장님은 날 막으려는 게 아니라 오히려 그 반대라는 건가?

"그럼 제가 우사토 씨한테 무슨 훈련을 받았는지 억지로 캐묻거나, 다른 사람에게 저와 비슷한 일을 시키려는 게 아닌 건가요……?"

책상에 올리고 있던 팔꿈치가 미끄러져 자세가 무너진 학원장님은 입꼬리를 실룩이며 어색한 웃음을 만들었다.

"그, 그럴 리가 없잖아? 평범한 아이에게 그의 훈련을 시키면 며칠 만에 몸이 망가져 버릴 거야. 치유마법이 있기에 가능한 훈련이라 실용성과는 거리가 멀어."

너무한 표현이지만 사실인지라 아무 말도 할 수 없었다.

실제로 많이 봐줬을 터인 첫날 훈련부터 이미 터무니없었고.

훈련의 공포를 떠올린 나는 그 기억을 떨쳐 내듯 고개를 좌우로 흔들었다.

"……그럼 제가 올 것을 어떻게 알고 계셨던 건가요?"

제일 먼저 신경 쓰인 점은 이것이었다.

솔직히 학원장님이 내 동향을 파악하고 있는 것은 이상한 일이었다.

분명 무슨 이유가 있을 터…….

내 질문에 학원장님은 천천히 입을 열었다.

"너는 우사토라는 스승에게 치유마법을 이용한 훈련을 받았어."

"네."

"그…… 아니, 그들이 실시하는 훈련은 여기 사는 마법사들의 방식과 전혀 달라. 마법 단련, 육체 단련, 정신 단련, 모든 것을 갖춘 훈련이지. 그걸 경험한 넌 이 학원의 수업 과정으로 행해지는 훈련이 부족하다고 느끼고 있을 거야. 그렇지?"

"……."

학원장님의 말이 맞았다.

미나와 싸운 뒤로 수업 시간에 마법 훈련이나 이런저런 것들을 몇 번 했지만 묘하게 부족하다는 느낌을 받았다.

간단한 모의전이라면 훈련으로 단련한 다리로 선수를 쳐서 승리를 거머쥘 수 있게 됐다.

지금까지 제대로 하지 못했던 격투술 수업에서는 놀라우리만큼 상대의 움직임이 잘 보이게 됐다.

"원래부터 여길 나갈 생각이었어요. 하지만 요 며칠 동안 학원 수업으로 제가 강해지는 건 어렵다는 걸 깨달았어요."

학원장님에게는 실례되는 이야기이지만, 우사토 씨와의 힘든 훈련을 거친 지금은 학원 수업이 너무 느슨하다는 생각을 떨칠 수 없었다.

"급격한 변화가 꼭 좋은 것만은 아니야. 이제껏 가지고 있었던 자신의 가치관도 확 바꿔 버리지. 나는 그것을 알고 있었기에 네가 오기를 기다리고 있었단다."

"그랬던 거군요……."

학원장님은 순수하게 날 걱정해 주셨던 거구나…….

눈을 돌리고 있던 사실을 보려고 하지 않았던 나는 그대로 고개를 숙였다.

강해졌다고는 생각했지만, 설마 신체 능력으로 주위를 능가할 만큼 강해졌을 줄은 생각도 못 했다.

우사토 씨에게 가까워졌다. 그렇게 생각하면 기쁘지만, 반면 자신의 의식과 육체의 차이에 혼란스러워졌다.

"나크, 너는 정말 강해졌단다."

기쁨과 혼란 속에서 고개 숙인 내게 학원장님이 위로하듯 말했다.

"우사토와 너의 훈련은 나도 봤단다. 우사토에게는 미안하지만, 제정신인지 수없이 의심했지. 우사토가 변모한 뒤부터는 『마침내 본성을 드러냈구나, 악마놈!』이라고 말하는 교사까지 나타나서……."

"예, 무리도 아니에요……."

얼굴을 든 나는 학원장님과 마찬가지로 고개를 주억거렸다.

변모한 상태의 우사토 씨는 마음속으로 『악한 우사토 씨』라고 부를 만큼 무서웠다.

"하지만 훈련을 완수하고, 미나 리아시아와 승부하여 승리를 거머쥔 것은 자랑스러운 일이란다. 네 모습은 모두의 마음에 강렬하고 깊게 새겨졌을 거야."

"저는 그렇게 대단한 일은 하지 않았어요."

“지금은 작은 변화일 뿐이야. 하지만 확실히 모두의 마음속에 변화를 일으키고 있어.”

그렇게 말씀하신 학원장님은 자신의 가슴에 손을 올렸다.

마치 소중한 무언가를 느끼듯 눈을 감은 그녀는 내게 웃어 주었다.

“재능에 의존하지 않고, 자신의 힘을 믿고서 강해지려고 노력하는 것. 그걸 우사토와 너는 모두에게 가르쳐 줬어. 이건 우리 교사들이 할 수 없었던 일이야.”

아마 우사토 씨는 그런 것과 상관없이 날 단련시켰으리라.

나도 나한테 닥친 상황을 극복하는 데 필사적이라 생각할 여유도 없었다.

하지만 그래도 나는 자랑스러웠다.

우사토 씨와 내 훈련이 주위에도 좋은 영향을 주었다는 것이 정말 기뻤다.

“그렇기에 나는 네게 감사 인사를 하고 싶었단다. 고마워, 나크.”

“……네!”

크게 대답한 나를 보고 고개를 끄덕인 학원장님은 표정을 흐리며 말씀하셨다.

“너희들과 달리 우리는…… 아무것도 할 수 없었어. 학원을 유지하는 것만을 생각하며, 괴로워하던 너를 돕지 못했지.”

“……제가 괴롭힘당했던 건 이 학원의 잘못이 아니에요.”

“아니, 그렇더라도 간과한 것은 틀림없는 사실이야. 솔직히 네게는 미안한 마음뿐이구나.”

학원장님은 침통한 표정을 지으셨다.

이 사람은 정말로 우리를 생각해 주고 있구나.

나와 미나의 문제는 학원이 섣불리 끼어들 수 없는 종류라는 것을 나도 잘 알고 있었다. 그래도 학원장님은 정말로 미안한 표정으로 나를 돕지 못한 것을 후회하고 계셨다.

“저는 얼마 전까지 미나에게 괴롭힘당했던 2년간을 전부 없었던 일로 칠 생각이었어요.”

그녀와의 인연을 정리하고 평생 그녀와 얼굴을 마주하지 않도록 연을 끊자.

그 마음 하나로 미나를 이기려고 했다.

“그 녀석이 제게 한 짓은 단순히 용서하느냐 마느냐로 정리할 수 없을 만큼 지독했어요.”

나는 나쁘지 않다, 나쁜 것은 주위다. 매일 그렇게 생각하며 살았다.

“하지만…… 그 녀석, 울었어요.”

“……뭐?”

미나가 불완전한 계통 강화를 썼을 때, 나는 미나의 마력을 억누르기 위해 그녀의 손을 잡았다.

그때 그 녀석은 처음으로 다른 사람 앞에서 울었다.

“소꿉친구라 잘 알거든요. 그 녀석은 다쳐도 울지 않고, 남들 앞에서 우는 건 말도 안 되는 일이에요.”

그때까지 나는 한 번도 미나가 우는 것을 본 적이 없었다.

그 정도로 그녀는 강한 아이였다.

"저는 줄곧 제 생각만 하고 있었어요. 부조리한 일을 당하는 건 전부 주변 탓이라고……. 하지만 그 녀석이 우는 걸 보고…… 나도 틀렸던 게 아닐까 생각했어요."

"네가 틀렸다고?"

"분명 저도 미나도 어디선가 틀려 버린 거예요. 본인에게는 입이 찢어져도 말할 수 없지만, 만약 제가 좀 더 주위를 잘 살필 수 있었다면…… 이 2년 동안, 그 녀석과 옛날처럼 친구로서 학원 생활을 보냈을지도 몰라요."

그랬다면 나는 우사토 씨와 엮이지 않았겠지만.

아무튼 과거를 생각해 봤자 아무것도 바뀌지 않는다.

"학원장님. 저는 앞을 볼 거예요. 제가 미나에게 괴롭힘당했던 과거는 바꿀 수 없지만, 지금은 달라요. 저는 그 녀석과 제대로 마주 보고서 앞날을 살아갈 거예요."

불안함은 있다. 하지만 그 이상의 희망이 내 마음에 넘치고 있었다.

지금까지는 어두운 길을 목적지도 없이 걷고 있을 뿐이었다.

그러나 지금은 확실한 길잡이와 목표가 있었다.

내가 똑바로 시선을 보내자 학원장님은 얼떨떨해하셨다. 하지만 이내 정신을 차리고 기쁘게 웃어 주셨다.

"역시 너는 강해졌구나. 내가 상상했던 것보다 더……."

학원장님은 감격스러워하며 눈을 감으셨다.

한동안 침묵이 방을 지배했지만 나는 그녀가 말을 꺼낼 때까지 조용히 기다렸다.

“나크, 너는 구명단에 들어가기 위해 이곳을 나가고 싶은 거지?”

“네.”

마침내 입을 연 학원장님의 말에 등을 곧게 펴고 대답했다.

“내가 링글 왕국까지 가는 인편을 찾아볼게.”

“예?!”

찾아보겠다니……?!

더 바랄 나위가 없는 이야기이지만, 갑자기 왜?!

“매우 반가운 이야기이긴 한데…… 정말 그래도 되나요?”

“걸어서 가도 일주일은 걸리잖니? 안전하게 링글 왕국에 도착할 수 있게 너를 돕겠어.”

확실히 여기 오기 전에는 링글 왕국으로 가는 상인에게 부탁해서 따라갈 생각을 하고 있었지만, 역시 안전하게 가는 편이 제일 좋았다.

“하지만 일개 학생인 제게 그렇게까지 해 주시다니…… 괜찮은 건가요?”

“뭐, 그건 괜찮아. 학원을 그만두겠다는 너의 요청을 내가 승인하면 너는 더 이상 학원 사람이 아니야. 그러면 너와 내 관계는 학원장과 학생이 아니라…… 친구와 가까워지게 되니까 문제없지. 이걸로 만사 해결이야.”

괴, 굉장히 터무니없는 말을 하고 있는 것 같지만, 그래도 타당한 것이 대단하다.

학원장님은 기분 좋은 얼굴로 계속해서 말씀하셨다.

"구명단에는 그녀가 있을 테니까, 힘내렴."

"그녀? 혹시 우사토 씨의 스승님 말인가요?"

"그래, 구명단 단장, 로즈. 우사토에게 치유마법을 가르치고 훈련시킨 여성이자, 인류 최강의 치유마법사야."

"이, 인류 최강……."

"조금 과장스러운 표현이지만, 그래도 신체 능력이라면 그녀를 능가하는 자가 없고, 치유마법에 관해서도 그녀 이상의 사용자는 본 적이 없어…… 현재로서는."

우사토 씨의 터무니없는 실력을 생각하면 그 스승인 로즈…… 씨도 범상치 않은 사람이라는 것을 알 수 있었다. 하지만 다양한 마법을 보아 온 학원장님 입에서 이런 말이 나오게 하다니, 대체 얼마나 굉장한 사람인 걸까.

"우사토 씨가 말하길, 육식 동물 같은 분위기의 사람이라고 했는데……."

"틀린 말은 아니야. 그녀는 항상 무서운 분위기를 풍기고 있거든."

로즈 씨의 모습을 떠올리고 있는지 학원장님은 작게 쓴웃음을 지으셨다.

하지만 이내 그 표정을 진지하게 바꾸고 말씀하셨다.

"알고 있겠지만 구명단의 훈련은 평범하지 않아. 솔직히 우사토라는 예외가 나타나기 전까지는 그녀에게 치유마법사 제자가 있다는 것 자체를 믿을 수 없었어."

"믿을 수 없었다고요?"

"그녀는 치유마법사에게 바라는 기준이 너무 높으니까…… 아니, 애초에 그녀가 바라는 건……."

잠시 침묵한 후, 학원장님은 입을 여셨다.

"그녀는 자신과 똑같은 치유마법사를 만들려고 하는 거야."

"……예?"

사고가 정지했다.

"너는 우사토의 제자니까 그녀도 진심으로 훈련시키지는 않을 거야. 하지만 우사토는 달라. 치유마법사가 되어 로즈의 혹독한 훈련을 견디고 그녀의 인정을 받아 여기에 왔어."

"……역시 우사토 씨는 대단한가요?"

"본인은 전혀 자각이 없을지도 모르지만 말이지. 그녀가 내건 구명단의 사상을 좇아 마왕군과의 싸움조차 헤쳐 나온 그가 약할 리 없지. 그는 로즈가 상정한…… 아니, 그 이상의 기세로 성장했을 거야."

나는 로즈 씨를 전혀 모른다.

다만 이미지는 우사토 씨를 더욱 흉포화하고 한층 몸집을 키운, 거대한 바위를 번쩍 드는 괴물이었지만, 학원장님의 이야기를 듣고 그 이미지는 더 악화되었다.

"안심하렴. 로즈는 엄격한 부분이 과하게 두드러지긴 해도, 겉으로 드러나지 않는 자상함을 가지고 있어. 우사토가 그녀를 존경하고 부하로서 따르고 있는 게 그 증거 아닐까?"

"그, 그런가요……?"

겉으로 드러나지 않는 자상함에 뭘 기대하면 될까요.

미묘한 표정인 나를 보고 학원장님은 이어서 말씀하셨다.

"그녀는 누구에게나 똑같이 대할 줄 아는 기량의 소유자야."

"그건 누구에게나 엄격하다고 받아들이면 되는 건가요?"

"……."

제발 뭐라고 두둔해 주시면 안 될까요?

앞으로의 여행이 굉장히 불안해지니까……!

"……나크. 로즈는 네 상상을 뛰어넘는 사람이야. 분명 너는 그녀와 만나면서 여러 가지로 힘든 일을 겪을지도…… 아니, 겪겠지만, 그 만남은 분명 옳은 만남일 거야."

"저기, 힘든 일을 겪는 건 확정인가요? 피할 순 없는 건가요?"

"포기하렴. 부조리가 옷을 입고 걸어 다니는 게 그녀야."

내 속에서 로즈 씨의 이미지가 더욱 악화되었다.

하지만 실제로 만나 보기 전에는 아무것도 알 수 없겠지.

로즈 씨도 그렇지만, 우사토 씨가 말했던 구명단 동료들.

험상궂은 면상이라고 불리는 사람들과 흑기사라고 불렸던 마족, 그리고 구명단 밖에 또 다른 치유마법사가 두 명이나 더 있다고 했다.

"그래도 만남이 있다는 거네요. 잊을 수 없을 만남이."

"후후, 그건 보증할게."

"그렇다면 저는 가겠어요."

멈춰 설 이유는 없다.

설령 힘들고 엄격한 훈련이 기다리고 있더라도 더는 내팽개치지 않겠다.

내 말에 고개를 끄덕인 학원장님은 기뻐하며 더욱 짙게 웃었다.

"그럼 더 말할 게 없네. 언제 출발하길 원하니?"

"가능하다면 일주일 안으로……는 무리일까요?"

"음~ 젊어서 그런지 행동이 빠르구나……. 알겠어. 되도록 빨리 링글 왕국에 가는 자를 알아볼게."

"읏, 감사합니다!"

의자에서 일어난 나는 깊이 머리를 숙였다.

상당히 무리한 말을 하고 있다는 자각은 있었지만, 바로 갈 수 있을 것 같아서 다행이다.

의외로 오랫동안 이야기를 나눴는지 바깥을 보니 하늘이 석양빛으로 물들어 있었다.

용건은 대부분 해결했고, 이만 물러가기로 할까. 쿄우 씨네 집에 도착할 즈음에는 딱 적당한 시간이 될 것 같다.

"오늘은 정말 감사했습니다."

"됐어. 나도 한 사람의 교사로서 우사토와 너에게 여러 가지를 배웠단다. 힘내렴. 언젠가 성장한 너와 또 만나길 기대하고 있을게."

"하하하, 그때까지가 큰일이겠지만요."

작게 손을 흔들어 준 학원장님에게 다시 한 번 머리를 숙이고서 학원장실을 뒤로했다.

학원장님과는 일대일로 이야기할 기회가 없었지만, 사실은 학생들을 많이 생각해 주시는 자상한 분이셨구나.

"헤어질 때 깨닫다니…… 하하하, 난 정말 바보네."

그렇게 자조적으로 웃으며, 저녁노을에 주황색으로 물든 복도를 나아갔다.

이제 막 수업이 끝났는지 각자 집으로 돌아가는 학생들의 모습이 많이 보였다.

"여길 보는 것도 오늘로 마지막인가……."

좋은 추억 따위 하나도 없었다.

미나에게 괴롭힘당하고 내가 가진 치유마법에 절망하며 하루하루를 보냈다.

하지만 나는 확실히 2년간 여기서 지냈다.

나는 이 루크비스에서 인생을 시작할 수 있었다. 그렇게 생각하자 지금껏 아무런 느낌도 들지 않았던 학원 풍경도 이제는 못 보게 되는 것이 아주 조금 아쉬웠다.

"……응?"

그때, 스쳐 지나가려던 여자아이가 내 뒤를 보고 작게 비명을 지르며 벽 쪽으로 도망쳤다.

그 반응에 「설마 날 보고……」 하고 가볍게 충격을 받았지만, 아무래도 여자아이가 비명을 지른 대상은 내가 아니라 내 뒤에 있는 것 같았다.

그 사실에 안도하며 뒤돌아봤다가 말문이 막혔다.

"이게 무슨……?!"

뒤에서 걷고 있던 학생들이 하나같이 얼굴이 파래져서 벽 쪽으로 물러난 가운데, 깨끗하게 비워진 복도 한가운데를 한 남자가 걸어오고 있었다.

회색 머리와 웃는 얼굴이 특징인 그는 내 모습을 발견하고서 스스럼없이 손을 들었다.

"안녕하세요, 나크 군."

"하, 하르파 씨……?"

***

하르파.

루크비스에서 가장 무서운 사람이 누구냐고 묻는다면 모두가 그의 이름을 입에 담을 것이다.

웃는 얼굴을 가면처럼 쓴 호전가(好戰家).

마법사를 꼼짝 못 하게 만드는 마안 사용자.

그를 상대한 자는 모조리 마음이 꺾여 버린다.

"누군가와 함께 돌아가는 건 오랜만입니다."

이게 대체 무슨 일인지, 나는 그런 무서운 사람과 함께 걷고 있었다.

얼굴을 마주한 적은 있어도 직접 이야기한 적은 거의 없었는데…….

그런데 어째서 나는 그와 함께 귀가하고 있는 걸까.

내심 혼란스러워하고 있으니 옆에서 걷고 있던 하르파 씨가 안심시키듯 이쪽을 보며 웃었다.

"왜 그러시죠?"

"예? 아뇨…… 그, 죄송해요. 웃는 얼굴이 무서운데요."

우사토 씨 정도는 아니지만, 그의 가면 같은 웃는 얼굴은 무서웠다.

하르파 씨는 내 말에 깜짝 놀라더니 곧장 미소를 부드럽게 바꾸었다.

"실패했네요. 으음~ 이걸로는 안 되는 걸까요. 상대에게 좋은 인상을 주려고 노력하는데…… 잘 되지 않는군요."

"……예?! 그 웃는 얼굴이 말인가요?!"

눈이 전혀 웃고 있지 않았는데요?!

오히려 뭔가 의도가 있는 것처럼 느껴지는 매우 수상쩍은 웃음이었는데요?!

"후후."

내 반응의 어떤 부분이 웃겼는지 하르파 씨는 작게 웃음을 흘렸다.

뭔가 웃을 만한 짓을 한 걸까, 고개를 갸우뚱했다.

"나크 군은 저를 무서워하지 않는군요."

그 말을 듣고 퍼뜩 놀랐다.

그러고 보니 예전에는 하르파 씨에게 다가가지 못할 만큼 무서워했는데, 지금은 그 정도는 아니었다.

무서워하면서도 평범하게 이야기할 수 있었다.

"더 무서운 사람을 알아 버려서…… 그런 걸지도 몰라요."

"우사토 씨 말인가요?"

"네. 그 사람과 비교하면 하르파 씨는 그래도 괜찮아요."

훈련 모드 때 우사토 씨의 형상과 언동은 정말로 정신이 깎여 나가는 수준으로 무섭다.

그런 그에게 사흘이나 훈련을 받으면 웬만한 것은 무섭지 않게 된다.

"그보다 어째서 하르파 씨는 저랑 같이 걷고 있는 건가요?"

잊어버릴 뻔했지만 그가 나를 따라온 이유를 물었다.

내 질문에 하르파 씨는 턱에 손을 대고서 잠시 생각한 후—.

"그냥 그렇게 됐네요."

태연하게 그렇게 단언했다.

예상치 못한 대답에 멍해지고 말았다.

"굳이 말하자면 저는 개인적으로 나크 군과 이야기해 보고 싶었어요."

"저랑요? 우사토 씨라면 모를까, 저랑 얘기해봤자 재미없을 텐데요."

"저는 즐거워요. 무서워하지 않고, 매몰차게 굴지도 않고, 제대로 이야기해 주는 사람은 오랜만이라서요."

"아, 예에……."

지금 하르파 씨의 일상을 일부 엿보고 말았다.

그의 실력과 가차 없는 전투 방식을 감안한다면 학생들이 무서워할 만도 하지만, 상상 이상으로 외로운 학원 생활을 보내고 있었어……!

어라?! 이 기분은 뭐지?

하르파 씨는 학원에서 가장 강한 사람이고, 반면 나는 얼마 전까지 괴롭힘당하던 치유마법사다. 입장이고 뭐고 전부 다를 텐데 왠지 친근감을 느끼고 말았다.

"저기, 아직 저도 시간이 있으니까…… 좀 더 이야기할까요?"

그렇게 생각한 나는 내가 먼저 하르파 씨에게 말을 걸어 보았다.

하르파 씨는 깜짝 놀라며 눈을 동그랗게 뜨더니 나와 눈이 마주치자 기뻐하며 살포시 웃었다.

"예, 저야말로 부탁드립니다."

그 후로는 어색하긴 하지만 잡담을 나누었다.

이야기해 보니 하르파 씨는 생각보다 인간미가 있었다. 조금 호전적이고, 웃음이 무섭고, 의미심장한 말을 하는 사람이지만, 남들만큼 상처받기도 했다.

"그런가요. 나크 군은 조만간 루크비스를 떠나는군요."

"네."

내가 학원을 그만두고 링글 왕국의 구명단에 들어가려 한다고 이야기하자 그는 감탄하며 고개를 끄덕였다.

"언젠가 나크 군도 우사토 씨처럼 강해질지도 모른다고 생각하니 정말이지 기대되네요."

어, 엄청 기대하고 있어…….

부정적인 말을 듣는 것도 마음에 타격을 주지만, 하르파 씨처럼 강한 사람에게 기대받는 것은 상당히 부담스러웠다.

"나크 군은 언젠가 구명단에서 일하고 싶은 건가요?"

"그러네요. 그 전에 구명단에 들어가야겠지만요……."

"지금 나크 군의 실력이라면 괜찮다고 말하고 싶지만…… 제 판단 기준이 우사토 씨라, 그를 기준으로 생각하면 입단 조건도 그에 걸맞게 엄격할 것 같습니다."

"그건 뭐, 가서 겪어 봐야 알 수 있겠죠."

우사토 씨는 내가 합격할 거라고 확신하는 어조였다.

그 말에 나는 기운을 얻긴 했지만, 그 이상으로 합격하지 못하면 우사토 씨에게 죄송스럽다는 생각에 시달리고 있었다.

살짝 어깨를 떨구고 한숨을 쉬자 옆에 있던 하르파 씨가 난처해하며 자신의 눈가를 손으로 덮었다.

"아~ 불안하게 만들어 버렸군요. 이럴 때 무신경하게 이야기해 버리는 제가 싫어집니다."

"사실이니까요. 그리고 그렇게 신경 쓰진 않아요."

하르파 씨는 틀린 말은 하지 않았다.

아직 구명단에 들어갈 수 있을지 확실히 알 수 없었다. 아무리 우사토 씨가 보증했어도, 입단할 때 내가 무슨 실수를 저지른다면 구명단에는 들어갈 수 없을 것이다.

치유마법을 쓸 수 있고, 우사토 씨와 훈련하여 어느 정도 신체 능력은 갖추고 있다.

그럼 남은 것은 내 마음의 문제다.

반드시 우사토 씨에게 부응해 보이겠어……! 다시 한 번 결의를 군히며 오른손을 들고 주먹을 쥐었다.

"후후후, 정말로 몰라보게 달라졌네요. 나크 군."

"그, 그런가요?"

칭찬받으니 기분이 나쁘진 않지만, 뭐랄까…… 낯간지럽네.

"네. 제가 봐도 나크 군은 예전보다 몇 배는 강해졌습니다."

하르파 씨에게 그런 말을 들으니 황송했다.

쑥스러워서 머리를 긁적이고 있으니 하르파 씨가 갑자기 한 걸음 앞으로 나갔다.

"나크 군만 얘기하는 것도 불공평하니 이번에는 제 이야기를 하죠."

"하르파 씨의 이야기요?"

"예."

이쪽을 돌아본 하르파 씨의 눈동자는 보랏빛을 띠고 있었다.

희소한 계통 마법, 마시(魔視).

마안에 속하는 보기 드문 마법으로, 그 능력은 마력의 흐름을 보는 특이한 것이다.

그 눈길을 받게 된 나는 조금 전율하고 말았지만 어떻게든 시선을 맞췄다.

"저는 철이 들었을 무렵부터 마력의 흐름이 보였습니다."

"그건 일고여덟 살 때인가요?"

일반적으로 마법에 눈뜨는 나이는 그 정도였다.

하지만 하르파 씨는 쓰게 웃더니 천천히 고개를 가로저었다.

"아뇨, 좀 더 어릴 때부터입니다. 정말로 사리를 분별하게 됐을 무렵에는 각성한 상태였습니다. 솔직히 그 무렵의 저는 마법으로 싸우는 것을 동경하고 있었습니다. 손에서 불을 뿜고, 번개를 쏘고, 얼음을 만들어 내는…… 그런 평범한 동경을 가지고 있었던 저는 마안에 눈떠 버린 자신의 운명을 저주했습니다."

이해한다.

하르파 씨의 마음이 절절히 이해되었다.

계통은 타고나는 재능이다. 절대로 바꿀 수 없고, 아무리 애써도 받아들일 수밖에 없는 현실이다.

나도 치유마법을 타고나 버린 자신을 저주했었다.

"그래서, 어떻게 했나요?"

"운명을 저주해 봤자 소용없기에 받아들였습니다."

"간단히 받아들였네요?!"

"고민하는 건 서툴러서요."

하르파 씨는 가벼운 어조로 단언했다.

너무나 담백한 인정에 무심코 태클을 걸고 말았다.

"마안을 받아들인 저는 어떻게 마안으로 싸울지, 그것만을 생각하며 유년기를 보냈습니다."

"저, 정말로 무시무시한 유년기네요……."

너무 다부져서 뭐라고 하면 좋을지 모르겠다.

이 사람의 강함은 이런 부분에서 기인하는 것 같다는 생각이 든다.

"그래서 루크비스에 온 건가요?"

"네. 마법에 정통한 이곳이라면 무언가 보이는 게 있을 거라고 생각했습니다만, 결과만 말씀드리자면 이곳에서 제가 추구하던 것은 찾을 수 없었습니다."

자신의 손을 바라보며 그렇게 말한 하르파 씨의 표정은 어딘가 공허하게 느껴졌다.

"마안은 싸움에 쓸 수 없다, 이루어지지 않을 소망을 좇기보다 자신의 재능을 살리는 길로 나아가야 한다고, 주위 사람들은 그렇게 제 생각을 부정하며 타이르려고 했습니다."

"그래도 생각을 바꾸지 않은 거군요."

"네. 역겹고 불쾌한 말에 타일러질 만큼 저는 고분고분한 아이가 아니었습니다."

웃으며 내씹는 그를 보고 나도 모르게 표정이 굳었다.

아마 이 사람은 옛날부터 자기 생각을 확실히 말하는 성격이었겠지…….

"그래서 저는 주위에 의견을 구하는 것을 그만뒀습니다. 그리고 저는 이 학원을 가르침을 청하는 장소가 아니라 자신을 단련하는 장소로 이용하기로 했습니다."

"아……."

왠지 그 후의 전개가 상상되고 말았다.

구체적으로 왜 학생들이 하르파 씨를 두려워하게 됐는지…….

"싸울 수 없다면 싸울 수 있게 만들면 됩니다. 마력의 흐름밖에 안 보인다면 마력의 흐름을 이용한 싸움을 익히면 됩니다. 그렇게 생각한 끝에 제가 고안한 답은 마법사의 움직임을 완전히 미리 파악하는 독자적인 전투 스타일을 확립하는 것이었습니다."

"……."

아니, 그건 이상하다고 생각해요.

입이 찢어져도 그런 말은 할 수 없지만, 마안을 활용해 설마 마법사를 꼼짝 못 하게 만드는 전법을 고안해 내다니, 그 당시의 누가 상상이나 했을까.

분명 아직 아무것도 몰랐던 당시 학생들은 지옥을 봤겠지.

"뭐, 그래서 지금에 이른 겁니다만…… 솔직히 최근에는 무료했습니다."

"엇, 그랬나요?"

"누구도 저와 싸워 주질 않는걸요. 싸울 상대가 없으면 자신을 발전시킬 수도 없잖아요?"

그렇게 투덜거려도 말이죠…….

그와 전투하여 다쳐도 회복마법으로 완치는 된다.

하지만 급소를 찔린 아픔과 공포는 간단히 떨쳐 낼 수 없다. 웬만한 사람은 그것이 트라우마가 돼서 하르파 씨 앞에 설 수조차 없게 될 것이다.

"그래서 우사토 씨와의 싸움은, 본의는 아니었으나 정말 즐거웠습니다."

"즐거웠나요?"

"졌지만 말이죠."

하르파 씨 입에서 즐겁다는 말이 나오게 하다니…… 역시 우사토 씨다.

“후후후, 패배는 분했지만 그 패배는 한계를 느끼고 있던 제 마음에 다시 강함을 향한 갈망을 안겨 주었습니다.”

“저, 저기, 하르파 씨?”

“페인트에 속지 않도록 관찰안도 단련해야겠죠. 아니지, 그 전에 몸을 단련하는 게 먼저인가. 아직 제게 이런 과제가 남아 있었다니, 자만하고 있었군요. 어설프게 자신의 실력에 만족해 버리면 무의식적으로 강해지자는 의지가 결여되고 맙니다. 다음에 우사토 씨와 만날 기회가 있으면 다시 한 번 승부를 부탁해서 새로운 개선점을 모색해야겠습니다.”

뭔가 하르파 씨가 엄청난 얼굴을 하고 있다!

무심코 그에게서 두 걸음쯤 물러나 버릴 만큼 무서운 분위기를 풍기고 있었다.

거리 사람들이 기겁하고 있어요. 이대로 가다간 기절하는 사람이 나올지도 모른다.

송구스럽지만, 생각에 잠긴 하르파 씨의 어깨를 실례인 줄 알면서도 가볍게 두드렸다.

“하르파 씨~ 지금 얼굴이 엄청나요~.”

“읏, 아, 죄송합니다. 이성을 잃고 생각에 잠겨 버렸네요.”

하르파 씨는 미안해하며 뺨을 긁적였다.

주위 사람들은 스스럼없이 하르파 씨의 어깨를 두드린 나를 놀란 눈으로 보고 있었다.

솔직히 두드린 장본인인 나도 겁먹은 상태인지라 뭐라 할 순 없었다.

"……."

"……응? 왜 그렇게 빤히 보세요?"

하르파 씨가 팔짱을 끼고 말없이 이쪽을 바라보고 있었다.

"아뇨, 아까 제 자신의 강함에 관해 생각했는데…… 우사토 씨와 나크 군을 보고……."

"보고?"

"저도 링글 왕국에 갈까 하는 생각이 들어서요."

"예?!"

"아, 당장 가겠다는 건 아닙니다. 어디까지나 진로의 하나로서 괜찮다고 생각했을 뿐, 애초에 아직 이곳을 졸업하지 않았으니까요."

순간 나랑 같이 링글 왕국에 간다는 건가 싶었지만, 역시 당장 갈 순 없겠지…….

근데 의외다.

"링글 왕국에서 뭘 하시려고요?"

"기사가 될 생각입니다. 우사토 씨가 오기 전까지는 사마리알의 기사가 되려고 했습니다만, 우사토 씨 일행을 알게 되면서 그들이 있는 링글 왕국도 나쁘지 않을 것 같다는 생각이 들어서요."

"아……."

"그리고 루크비스에서 제일 가깝고요."

마지막 말을 듣고 넘어질 뻔했다. 참 김빠지는 이유였다.

"그리고 이유가 하나 더 있습니다."

"……음식이 맛있기 때문은 아니겠죠?"

"후후, 그걸 이유에 포함해도 좋겠지만…… 단순히 마안인 저도 받아들여 줄 것 같은 나라이기 때문입니다."

"아아, 그렇군요……."

"마안을 가진 제가 기사가 되다니, 보통은 생각도 못 할 겁니다. 시험조차 치르지 못한 채 불합격되는 경우도 있을 법하죠. 하지만 링글 왕국은 마법의 계통이 아니라 실력으로 판단해 준다고 들었기에, 그런 의미에서도 시험을 치를 가치는 충분히 있는 곳입니다."

마법 계통의 우열로 판단하는 것은 흔한 일이다. 특히나 전투가 임무인 기사라면 그것이 더욱 현저했다.

그런 차별이 없는 링글 왕국은 하르파 씨에게 반가운 장소일 것이다. 물론 나에게도 마찬가지였다.

"그런데 하르파 씨가 기사라니, 쉽게 상상이 안 되네요."

"그건 저도 자각하고 있습니다. 제가 갑옷을 입고 검을 휘두르다니, 저도 상상이 안 되니까요."

상대보다 빠르게 선수를 치는 하르파 씨가 갑옷을 입는다.

보통은 속도가 떨어져서 그의 장점이 없어지겠지만…….

"하르파 씨라면 상대의 움직임을 파악해서 카운터로 해치울 수 있을 것 같아요. 선공 필승이 아닌 후공 필살! 같은 느낌으로……. 하하, 하지만 일부러 상대에게 선공을 양보하다니, 애초에 하르파 씨의 전투 방식이 아니네요, 이거."

"……그거 괜찮은데요?"

"네?"

"과연, 그렇군요. 후공 필살. 아주 좋은 걸 들었습니다. 상대의 움직임을 예측하여 선수를 치는 것이 아니라, 움직임을 파악하고자 일부러 선공을 내주고 최고의 반격을 가한다. 지금의 제게는 아직 무리겠지만, 단련한다면 언젠가는……."

크, 큰일 났다! 하르파 씨가 또 엄청난 얼굴로 생각에 잠겼어?!

강함을 향한 이 사람의 탐구심은 일반적인 틀을 벗어났어!

"하, 하르파 씨~! 이쪽으로 돌아와 주세요~!"

"핫…… 죄송합니다. 또 이성을 잃어버렸네요."

"너무 자주 이성을 잃지 않나요……?"

어이가 없지만, 그 이상으로 하르파 씨의 향상심이 감탄스러웠다.

치유마법사라는 이유로 포기해 버렸던 나와 달리, 그는 주위의 평가를 물리치고서 오로지 강함을 추구한 끝에 지금에 이르렀다.

심지어 더욱 강해지고자 하는 의지가 있다.

그런 그를 어느새 나는 존경하고 있었다.

"굉장하네요, 하르파 씨."

정신이 들고 보니 그런 말을 하고 있었다.

그 말이 들렸는지 쑥스러워하며 뺨을 긁적이던 그는 한순간 의아한 표정을 지은 후, 부드럽게 웃었다.

"저는 나크 군이 더 굉장하다고 생각합니다."

"저는 불과 얼마 전까지 주위에 휩쓸리고 있던 낙오자인걸요……."

"제가 굉장하다고 생각하는 건 나크 군이 우사토 씨라는 스승 밑에서 역경을 극복한 점입니다. 사람은 한 번 굴복한 상대에게 쉽사리 맞서지 못합니다. 하지만 나크 군은 공포고 뭐고 전부 받아들이고서 미나 리아시아와의 승부에서 승리를 거두었습니다."

하르파 씨가 내 어깨에 손을 얹었다.

"나크 군은 이제 낙오자도 약자도 아니에요. 더 이상 자신을 비하할 필요도 없습니다. 미나와 싸우면서 강자가 됐어요."

"하르파 씨……."

"나크 군은 노력한 인간입니다. 저는 노력에 걸맞은 강함을 얻은 자를 높이 평가합니다. 재능을 이유로 이길 수 없다며 포기하는 사람을 저는 경멸합니다. 나크 군은 노력해서 확실한 결과를 얻었어요. 그건 굉장한 일입니다."

예전에 쿄우 씨가 하르파 씨를 이렇게 말했다.

「하르파는 사람을 강한가 약한가로만 판단하는 냉혈한」이라고.

하지만 사실은 아니었다.

이 사람은 제대로 보고 있었다. 강한지 약한지가 아니라, 자신이 추구하는 강함을 위해 노력하고 있는지 아닌지를 보고 있었다.

분명 그가 싫어하는 것은 자신의 재능을 믿지 못하고 성장하기를 포기한 사람들일 것이다. 혼자 멋대로 결론짓고서 맞서려 하지 않는…… 예전의 나 같은 사람.

그래서 그는 어중간한 각오가 아니라 진심으로 노력하는 사람에게만 마음을 열고 있는 것이다.

"자신감을 가지세요, 나크 군."

"……네."

그의 말에 떨리는 목소리로 간신히 대답했다.

정말이지 오해받기 쉬운 사람이라고 생각하는 반면, 「아아, 이게 이 사람이구나」 하고 묘하게 납득하고 말았다.

학원에서 가장 강한 남자이자 가장 고독한 사람이었던 그는 한없이 인간다운 사람이었다.

내 어깨에 올렸던 손을 뗀 하르파 씨는 작게 웃더니 지금까지 걸어온 방향과는 반대쪽으로 몸을 돌렸다.

"그럼 저는 슬슬 돌아가겠습니다."

"저기, 고맙습니다."

"감사 인사를 해야 할 사람은 접니다. 오랜만에 무척 즐거운 대화였습니다."

처음에는 잔뜩 겁먹고 있었는데 어느새 자연스럽게 이야기할 수 있게 되었다.

이 사람과도 조금 더 빨리 이야기를 나눠 봤다면…… 아니지. 지금의 나니까 이 사람과 이야기할 수 있는 거구나. 예전의 나라면 분명 그의 얼굴만 봐도 도망쳤을 것이다.

"오늘부로 나크 군이 학원을 떠나 버리는 건 몹시 섭섭하지만…… 그 이상으로, 앞을 향해 발을 내디딘 나크 군의 성장이 기대됩니다."

"……하하하, 학원장님께도 비슷한 말을 들었어요."

"후후, 나크 군을 보고 생각하는 바는 똑같다는 거군요. 분명 저나 학원장님뿐만 아니라 키리하도, 쿄우도, 우사토 씨도, 나크 군에게 큰 기대를 하고 있을 거예요."

기대라니…… 부담스럽네.

하지만 그것을 짊어지는 것도 나쁘지 않다.

기대하는 것도 기대받는 것도 싫어했던 자신의 커다란 변화에 쓰게 웃으며 나는 하르파 씨에게 마지막 말을 건넸다.

"또 만나요. 다음에 만날 때는 하르파 씨와 싸울 수 있을 만큼 강해져 있을 테니까요."

"……! 후후, 기쁜 말을 해 주시는군요. 그럼 저도 지지 않고 더욱 단련해야겠습니다."

눈을 접으며 기뻐하는 하르파 씨를 보니, 우쭐해져서 괜한 말을 했다는 느낌이 들었다.

자업자득이지만, 강해져야만 하는 이유가 또 늘어나 버렸다.

손을 흔들고 학원 쪽으로 돌아가는 하르파 씨의 뒷모습을 지켜본 나는 양손으로 뺨을 한 번 때리고서 다시 걷기 시작했다.

"……꽤 어두워졌네."

석양빛은 점차 약해지고 머리 위에 밤하늘이 펼쳐져 갔다.

그와 함께 거리에 마도구 조명이 밝혀지며 길을 오가는 사람들을 비추었다.

"딱 좋은 시간이려나?"

쿄우 씨와 키리하 씨가 날 기다리고 있다.

그렇게 생각하니 묘하게 기뻐져서 발걸음도 가벼워졌다.

오늘은 여러 가지 일이 있었다.

하지만 나의 하루는 아직 끝나지 않았다.

***

쿄우 씨와 키리하 씨가 사는 집에 도착했을 즈음, 태양은 이미 저물었다.

그들이 사는 집 주위에는 제대로 된 불빛이 없어서 아주 깜깜했지만, 오늘 밤은 달빛이 비쳐서 그런대로 걸을 만했다.

낡은 집의 문을 가볍게 노크하자 「네~」 하는 목소리와 함께 문이 열리며 쿄우 씨의 누나인 키리하 씨가 나를 맞이해 주었다.

"딱 좋은 시간에 왔네. 슬슬 밥도 다 되니까, 늘 먹는 자리에 앉아서 조금만 기다려."

"네. 오늘 이렇게 대접해 주셔서 고맙습니다."

"새삼 딱딱하게 예의 차리지 않아도 돼."

키리하 씨가 권한 대로 거실에 있는 의자에 앉았다.

거기서 한숨 돌리고 있으니 안쪽에서 쿄우 씨가 하품을 하며 들어왔다.

"흐아~암……. 응? 오, 왔어? 나크."

"네, 조금 시간이 걸려 버렸지만요."

"그 모습을 보니 학원장님이랑은 얘기가 잘 끝난 모양이네."

쿄우 씨의 말에 고개를 끄덕였다.

"네. 살짝 이야기가 길어져 버렸지만, 학원을 떠나는 걸 인정받았어요."

"그거 다행이네."

내 맞은편 의자에 앉은 쿄우 씨는 테이블에 팔꿈치를 올려 턱을 괴고 쾌활하게 웃었다.

그러고 잠시 있으니 키리하 씨가 요리를 가져왔다.

이곳에 얹혀살고 있을 때보다도 호사스러운 요리였다. 돈을 쓰게 만들어 버린 건가?

조금 불안해져서 키리하 씨를 보니 그녀는 쓰게 웃었다.

"걱정하지 않아도 돼. 조금 무리하긴 했지만, 그렇게 타격이 심한 것도 아니니까."

"솔직히 말하자면 우사토한테 받은 사례금을 썼으니까 아무렇지 도억?!"

"쿄우, 쓸데없는 소리 하지 마."

실실 웃고 있던 쿄우 씨에게 주먹을 날린 키리하 씨는 한 손으로 들고 있던 요리를 테이블에 내려놓았다.

"하아……. 정말이지 우리 동생은 언제 어른이 되려는 건지……."

"잠깐, 우리 쌍둥이라 동갑이잖아!"

"나이가 아니라 알맹이를 말하는 거야……. 하여간……."

모든 요리가 다 차려진 건지 한숨을 한 번 쉰 키리하 씨는 쿄우 씨 옆에 앉았다.

눈앞에는 수프, 빵, 고기 요리, 샐러드 등 평소보다 다양하고 호사스러운 음식이 차려져 있었다.

"……어, 저기, 정말로 괜찮은 건가요? 제가 떠난 뒤에 쓰러지는 거 아니죠?"

"걱정이 과해."

"맞아맞아, 그렇게 걱정하지 않아도 된다니까. 그보다 누나가 좀 못 먹었다고 쓰러질 만큼 연약한 여자로 보여? 그럴 리가 없잖아? 하하하!"

지금 당신을 쏘아 죽일 듯 노려보고 있는 누님은 적어도 연약해 보이진 않네요.

키리하 씨가 쿄우 씨의 옆구리를 팔꿈치로 찌르는 광경에서 눈앞의 요리로 의식을 돌렸다.

"잘 먹겠습니다."

바로 수프를 한입 먹었다. 평소처럼 맛있었다.

맛있게 식사하고 있으니 눈앞에서 신음하던 쿄우 씨가 괴로워하는 목소리로 내 이름을 불렀다.

"나, 나크 너…… 눈앞에서 사람이 고통스러워하고 있는데 너무 냉정한 거 아니야?"

"에이, 자업자득이잖아요. 그렇게 말하면 키리하 씨가 화낼 만도 하죠."

"맞아. 더 말해 줘, 나크."

"내 편은 없는 건가……."

탄식하며 고개를 숙인 쿄우 씨가 의자에 고쳐 앉더니 아무 일도 없었던 것처럼 저녁을 먹기 시작했다. 이제 이런 광경도 익숙했다.

"쿄우한테 들었는데, 나크는 곧 여기를 떠나 링글 왕국에 가는 거야?"

"네. 학원장님이 링글 왕국으로 가는 인편을 알아봐 주신다고 하셔서 그에 맞춰 출발할 생각이에요."

"학원장님이 준비해 준다고? 대체 왜?"

"으음, 여러 가지로 답례를 하고 싶다고 하셔서요."

조금 설명하기 어려운 사정이라 간단히 전했다.

키리하 씨는 감탄하며 고개를 끄덕였다.

"뭐, 조금 빠르다는 생각은 들지만, 네가 택한 거니까 우린 뭐라고 안 할게. 하지만 후회만큼은 하지 않게 조심해."

"후회 따위 안 해요. 제가 스스로 생각하고 택한 거니까요."

"그렇게까지 확실히 말하는 걸 보면 괜찮겠네. 우리도 안심하고 널 보낼 수 있겠어."

키리하 씨는 살포시 미소를 지었다.

그 옆에서 쿄우 씨가 아주 작은 목소리로 「아줌마 같아」라고 중얼거려서 재차 그의 옆구리에 팔꿈치가 꽂혔고, 비통한 신음이 실내에 울렸다.

쿄우 씨의 옆구리를 팔꿈치로 꾹꾹 찌르며 키리하 씨가 이쪽으로 얼굴을 돌렸다.

"그러고 보니 짐은 어쩔 생각이야? 역시 정리해서 그쪽으로 보내는 거야?"

"아~ 짐 말인가요……."

솔직히 전혀 생각 안 하고 있었다.

짐이라…… 흐음.

"최소한 필요한 것만 들고 가려고요. 지금 사는 집에는 갈아입을 옷이랑 수업에서 쓰는 참고서밖에 없으니까요."

"그렇구나…… 응? 집? 지금 집이라고 했어?"

키리하 씨가 눈을 동그랗게 떴다.

"부모한테 버려졌다고는 해도, 귀족인 제가 평범하게 기숙사에서 지냈다가 주위에서 오해를 사게 되는 건 싫으셨는지 아버지가 제게 쓸데없이 큰 단독 주택을 주셨거든요."

"하아~ 체면을 위해 허세를 부렸다는 거야?"

"그런 거죠."

귀족에게 주위의 평판은 중요하다.

마법 공부를 시키기 위해 루크비스에 보낸 아들이 귀족답지 못한 곳에서 생활하고 있다— 그런 이야기가 화제가 되면 「아가레스 가문은 돈이 없다」는 등의 오해를 부를 가능성이 있었다.

그래서 세간의 평을 신경 쓰는 프라이드 높은 아버지는 쓸데없이 돈을 써서 내게 단독 주택을 주었다.

"게다가 집만 달랑 주고서 그 이후로는 아무것도 해 주지 않았어요. 청소도 식사도 빨래도 전부 제가 혼자 해야 했고, 이럴 바에야 평범하게 기숙사에서 지내는 편이 나았어요."

정말로 표면적인 원조뿐이었다.

지금 생각해 보면 정말 구제할 도리가 없는 아버지였다.

보통 열 살짜리 아이에게 단독 주택을 주지는 않을 것이다.

"힘들었겠구나."

"귀족도 큰일이네. 제대로 된 족속은 아니라고 생각했지만."

"실제로 살기 힘들어요. 장래가 있는 것도 아니고요. 귀족의 예의범절을 배우는 건 귀찮았고, 쓸데없이 체면을 차려야 하고, 정말로 제대로 된 족속이 아니에요."

"어, 으응. 뭔가…… 괜찮아?"

살짝 과하게 생각에 잠겼는지 걱정 끼치고 말았다.

"……귀족, 인가……."

문득 부모님 슬하에 있는 여동생이 떠올랐다.

나 같은 것보다도 재능 있고 마음씨 착한 여동생…….

보고 싶다는 마음을 억누르고 나는 차를 들이켰다.

"뭐, 저는 부모님과 의절했으니 앞으로의 인생은 제 마음대로 살 거예요. 솔직히 말하자면 마침내 결단하게 돼서 후련해요."

오늘 고향 집에 편지를 보냈으니 나는 이제 귀족으로 취급되지 않을 것이다.

저쪽도 얼씨구나 할 테고, 만약 잡으러 오더라도 도망칠 각오다.

"쿄우, 너도 보고 배워. 이렇게 어린 아이도 혼자서 생활했잖아. 너도 집안일 좀 도와."

"왜 갑자기 이쪽으로 화살을 돌리는 거야! 지금 상황에서 나를 걸고넘어지는 건 이상하잖아!"

"슬슬 혼자 일어나야 하지 않겠어? 우사토는 나보다도 일찍 일어났다고."

"그 녀석은 너무 일찍 일어나는 거야!"

확실히 우사토 씨는 언제나 해 뜨기 조금 전에 일어났었지. 아침에 훈련하는 게 일과라고 했다.

나도 우사토 씨를 따라 아침 훈련을 해 볼까.

……슬슬 쿄우 씨를 위해서도 화제를 바꾸는 편이 좋을 것 같다.

"맞다, 돌아오는 길에 하르파 씨를 만났는데요."

일단 오늘 새로 알게 된 그의 일면을 이야기해 보자.

이것을 계기로 키리하 씨와 쿄우 씨가 하르파 씨와 친해……지진 않더라도 평범하게 이야기할 수 있게 되면 좋겠다.

오늘 하르파 씨와 했던 대화를 대강 이야기하니 키리하 씨는 아주 조금 미안해하는 얼굴로 턱을 괬다.

"그 하르파가……."

"강함에 대한 탐구심이 살짝 괴짜 수준이지만, 근본은 좋은 사람이에요. 그러니 두 사람도 친하게 지내보면 어떨까 싶어서……."

"괴짜라니……. 너 은근히 말 심하게 한다? ……확실히 괴짜지만 말이야."

거리에서 굉장한 형상으로 생각에 잠기는 사람이니까요.

하지만 그걸 제외하면 그다지 위화감은 없었다.

하르파 씨는 『싸움 방식이 위험한 사람』이라는 이미지로 단정 짓고서 이야기하면 오해하게 되는 사람이었다.

“하지만 난 그 웃는 얼굴이 거북해서…….”

쿄우 씨가 머리를 벅벅 긁으며 그렇게 말했다.

“웃는 얼굴은 하르파 씨가 주위 사람들과 친하게 지내고자 노력한 결과인 것 같아요.”

“뭐? 그게 뭐야. 의욕이 헛돌아서 오히려 악화되고 있잖아……. 그럼 그 녀석은 정말로 우리랑 친해지려 하고 있다는 거야?”

“네.”

“뭐야, 그게. 다음에 만나면 어떻게 반응해야 할지 모르겠어…….”

그 사람도 서툰 것이다.

누구든 뜻밖의 일면이 있다.

미나와 이야기를 나눴을 때 알게 된 것이었다.

“알겠어, 나크. 다음부터는 평범하게 대응해 볼게. 뭐, 슬슬 반에 제대로 얘기할 수 있는 상대가 있었으면 좋겠다 싶었고. 그렇지? 쿄우.”

“하아~ 어쩔 수 없네. 나도 되도록 평범하게 대해 볼게.”

“키리하 씨…… 쿄우 씨……!”

내 일도 아닌데 두 사람의 말에 기뻐졌다.

하르파 씨에게 평범하게 대화할 수 있는 사람이 생긴다는 것, 키리하 씨와 쿄우 씨가 나랑 우사토 씨 이외의 인간과 이야기해 보려고 하는 것, 그 두 가지 기쁨이 내 가슴속에 솟았다.

“……자, 얘기하는 것도 좋지만 저녁도 먹자. 모처럼 만들었는데 식어 버리면 아깝잖아.”

"네!"

키리하 씨의 말을 듣고 나는 다시 식사로 의식을 돌렸다.

그렇다. 이 저녁을 먹는 것도 오늘이 마지막일지도 모른다.

이곳에서 많은 온정을 알게 되었다.

미나 때문에 광장에서 기절하고 눈을 떴더니 이 집에서 자고 있었다.

그 후 미나를 이기기 위해 우사토 씨 밑에서 호되게 굴러 움직이지 못하게 되고 이곳으로 옮겨졌다.

여기서는 언제나 따뜻한 식사가 나왔고, 매번 그 온정과 자상함에 감동해서…….

"정말로 순식간이었어……."

우사토 씨와 함께 훈련한 나날은 쏜살같이 짧은 한때였다.

하지만 그 짧은 기간 동안 나는 소중한 것을 셀 수 없이 많이 찾아냈다.

"어이, 나크. 손이 멈춰 있어. 안 먹을 거면 내가 먹어 버린다?"

"……싫어요. 안 줄 거예요…… 어?! 왜 멋대로 접시째 가져가려는 거예요! 그건 제 고기라고요!"

잠시 다른 생각에 빠진 순간, 앞에서 뻗어 나온 손이 내 접시를 낚아챘다.

"알 게 뭐야! 잡은 사람이 임자지!"

"그럼 내가 네 밥을 몰수해도 된다는 거구나? 쿄우."

"하, 하하…… 미안. 나크, 장난이 심했네. 자, 돌려줄게."

쿄우 씨가 옆에 있는 키리하 씨에게 설설 기면서 요리가 담긴 그릇을 돌려줬다. 왠지 그 표정이 어색했다.

이제 두 사람의 이런 모습도 볼 수 없게 된다고 생각하니 가슴에 구멍이 뻥 뚫린 것처럼 괴로워졌다.

하지만 영영 만나지 못하게 되는 것은 아니다.

알고 있지만, 이별은 정말로 슬펐다. 그러니 후회가 남지 않도록 지금을 만끽하고 밝은 마음으로 링글 왕국에 가자.

그렇게 결심한 나는 한껏 웃으며 두 사람에게 말을 걸었다.

잊어버리지 않도록, 확실하게 기억에 새기기 위해…….

***

키리하 씨와 쿄우 씨에게 저녁을 대접받은 다음 날, 학원장님으로부터 연락이 왔다.

닷새 후 아침에 링글 왕국으로 출발하는 상인이 나를 마차에 태워 준다는 내용이었다.

그 소식을 들은 나는 즉각 준비를 진행했다.

준비라고 해도 돈, 갈아입을 옷, 식량, 생활에 필요한 최소한의 물건을 갖추는 게 다였다. 나는 이제 루크비스의 학생이 아니기에 의복은 노점에서 적당한 옷과 로브를 구매해 가져가기로 했다.

여기서 2년간 입었던 교복은 이제 필요 없겠지만, 일단 소중히 보관할까 싶어서 짐에 넣어 두었다.

짐을 전부 싸도 등에 질 수 있을 만한 크기인 것은 스스로도 의외였다.

그렇게 분주하게 모든 준비를 끝낸 나는 링글 왕국으로 출발하는 날을 맞이했다.

짐을 짊어진 나는 키리하 씨와 쿄우 씨가 사는 집 앞에서 두 사람에게 배웅 받았다.

마지막으로 이 나라에서 가장 신세 진 두 사람에게 작별 인사를 하고 싶었다.

"이렇게 빨리 널 보내게 될 줄은 생각도 못 했지만, 힘내."

"네!"

조금 더 이곳에 있고 싶다는 마음이 없진 않았다.

여기서 그들과 함께 즐거운 학원 생활을 보낸다면 얼마나 좋을까, 그런 생각도 했었다.

"뭐, 우사토가 말했던 구명단이란 게 얼마나 대단한 곳인지는 모르겠지만, 너무 기 쓰진 마. 적당히 힘을 빼는 것도 필요해. 너는 항상 긴장하고 있는 것 같으니까."

"그러는 너는 너무 게으름 피우는 것 같지만 말이지."

"윽……."

"하하하……."

옆에서 날아온 날카로운 지적에 쿄우 씨는 고개를 숙였다.

그런 그를 보며 어이없어하던 키리하 씨가 내 쪽으로 시선을 돌렸다.

"쿄우 말대로 넌 조금 과하게 고민하는 구석이 있으니까 어깨에서 힘을 빼는 것도 필요해. 아무튼 홀로 이곳을 떠나 모르는 곳으로 가는 거잖아. 분명 불안할 거야. 실제로 주변에 인간들뿐인 루크비스에 처음 왔을 때 우리도 그랬어."

"그러네요."

나도 혼자 루크비스에 왔을 때는 불안한 마음만 가득했지만, 수인인 키리하 씨 남매가 훨씬 더 불안했을 것이다. 주위에는 인간들뿐, 심지어 자신들을 싫어하는 사람조차 있는 곳에서 생활하는 것은 여간 일이 아니다.

"하지만 괜찮아요. 우사토 씨가 있던 곳이니까 분명 다들 다정한 사람들뿐일 거예요."

우사토 씨도 구명단 사람들은 생긴 건 좀 그래도 근본은 나쁘지 않다고 몇 번이나 말해 줬으니, 그 부분은 걱정하지 않아도 될 터였다.

"나는 그래서 걱정되는 건데…… 뭐, 네가 괜찮다면 괜찮겠지."

"네…… 아, 슬슬 가야겠어요."

출발은 아침이다.

명확한 시간은 정해져 있지 않았지만, 얻어 타는 입장에 늦는 것은 실례였다.

"그럼 힘내, 나크. 링글 왕국에서도 잘 지내라."

"하하, 이웃 나라니까 만나자고 마음만 먹으면 보러 올 수 있어요."

"확실히 그러네."

하하하, 하고 쿄우 씨와 함께 웃었다.

거칠고 투박한 언동이 눈에 띄는 사람이지만 나쁜 사람은 아니었다. 오히려 쿄우 씨는 작은 배려를 할 줄 아는 좋은 사람이었다.

"우사토한테 너무 영향 받지 않게 조심해. 다음에 만났을 때 성격까지 바뀌어 있으면 깜짝 놀랄 테니까."

"하하하, 그렇게까지 되진 않겠죠."

"……그럼 좋겠지만."

키리하 씨의 충고를 들으니 조금 불안해졌다.

아무튼 키리하 씨에게도 정말 신세를 많이 졌다. 그녀가 만들어 준 밥은 따뜻하고 맛있었고, 그녀가 아무렇지도 않게 베푸는 상냥함에 도움을 받기도 했다.

이상한 이야기지만, 이 루크비스에서 가장 친했던 사람은 수인인 이 두 사람이었다.

그 사실이 나쁘지 않다고 생각하며 나는 마지막으로 천천히 심호흡했다.

"키리하 씨, 쿄우 씨. 지금까지 정말로 고마웠습니다! 오늘 이렇게 헤어지지만, 반드시 또 만나러 올게요!"

"그래, 우리도 여유가 생기면 링글 왕국에 놀러 갈게."

"네! 그럼 다녀오겠습니다!"

인사를 마치고 뒤돌아 걷기 시작했다.

북받치는 감정을 억누르며 나는 위쪽을 보았다.

. 아마 지금 돌아본다면 울면서 발을 멈추고 말 것이다. 모처럼 굳게 다진 결의도 약해져 버릴 테니, 키리하 씨와 쿄우 씨의 모습이 보이지 않게 되는 곳까지 계속 걸어갔다.

"분명 날 데려가 줄 상인이 문 근처에서 기다리고 있을 거라고 학원장님이 그러셨는데……."

쿄우 씨 남매가 사는 집을 떠나 루크비스 밖으로 나가는 문 근처까지 이동한 나는 주위를 둘러보며 링글 왕국으로 가는 상인을 찾았다.

"어디지……."

밖으로 나가는 문 근처에는 많은 마차가 세워져 있었다. 사람도 드문드문 보이지만, 어느 것이 나를 태워 줄 마차인지 알 수 없었다.

"주위 사람한테 물어볼 수밖에 없나."

폭 한숨을 쉰 나는 즉각 근처에 있는 사람에게 물어보려고 했다.

그때, 문득 문에서 보이는 루크비스의 광경이 눈에 들어와 발을 멈췄다.

"오늘, 떠나는구나…… 마침내."

눈에 익은 루크비스의 거리.

학생들의 활기로 가득한 큰길.

그 광경들을 멀찍이서 본 나는 왠지 감개무량해졌다. 지금까지 어두운 기분으로 보았던 루크비스의 거리도 지금 보니 예쁜 곳이라는 생각이 들었기 때문이다.

"시작되는 거야."

링글 왕국, 구명단에 들어가기 위한 여행이…….

"나의, 새로운 인생—."

"뭘 우두커니 서 있는 거야?"

"으헉?!"

뒤에서 가해진 기습에 제대로 반응할 수 없었던 나는 앞으로 꽈당 넘어져 버렸다.

이, 이 불합리하면서 오만한 태도—.

"나, 난데없이 무슨 짓이야! 그보다 무슨 볼일이야! 미나!"

얼마 전까지 나를 괴롭혔던 소꿉친구 미나가 팔짱을 끼고 나를 내려다보고 있었다.

"딱히~. 산책하고 있었는데 멍청한 네 등이 보이길래 발을 올린 것뿐이야."

"이, 이 녀석……."

역시 전혀 둥글어지지 않았다.

반성하기는커녕 불합리함에 박차가 가해진 느낌마저 든다.

게다가 발을 올린 것뿐이라니, 내 등은 발판이 아니다만.

"너, 오늘 떠나지?"

"……어떻게 알고 있는 거야."

"하르파 선배한테 들었어."

은혜를 원수로 돌려받은 듯한 이 기분은 뭘까.

아니, 딱히 하르파 씨한테 은혜를 베푼 적은 없으니 다르지만.

그보다 하르파 씨가 가르쳐 줬다면 미나가 여기 있는 이유도 산책이 아닌 거 아닌가?

"그럼 너, 산책하고 있던 게 아니잖아."

"산책이야."

"아니, 하지만—."

"산책."

"하르파 씨한테—."

"몇 번이고 말하게 하지 마."

"……알겠어."

무슨 일이 있어도 산책이라고 우기고 싶은 모양이다.

굳이 날 만나러 온 이유를 숨기다니, 무슨 생각을 하고 있는 걸까.

"하아~ 난 링글 왕국까지 데려다 줄 상인을 찾아야 하니까 방해하지 마."

"……."

"응?"

뭐라고 맞받아칠 줄 알았는데 아무 말도 없었다.

왜 저러지? 최초의 발차기 말고는 평소의 미나답지 않았다.

의아하게 여기고 있는데 미나는 말없이 내 기준으로 왼쪽 뒤편을 가리켰다.

"엥? 뭐야?"

"네가 말한 상인은 저쪽에 있어."

그녀가 가리키는 쪽을 주시하니 확실히 조금 큰 마차와 사람 몇

명이 출발을 준비하고 있었다.

그녀의 말대로 내가 찾는 상인은 저 사람들일 것이다.

"왜 가르쳐 준 거야?"

"우연히 알았을 뿐이야. 네가 멍청하게 우왕좌왕하고 있으니까……! 나한테 그렇게 큰소리 뻥뻥 쳐 놓고서 링글 왕국에 가지도 못하면 그런 약속을 한 내가 바보 같잖아!"

"어, 어이, 왜 갑자기 화를 내고 그래……."

"너의 멍청함에 짜증 내고 있을 뿐이야!"

친절하게 굴었다가 화냈다가 바쁜 녀석이다.

뭐, 이 정도 노여움은 우사토 씨에게 단련된 내게 전혀 무섭지 않지만 말이다.

근데 좀 의외네.

"약속이라고 생각해 주고 있구나."

우사토 씨가 루크비스에서 여행을 떠났던 그날에 미나와 나눴던 말—.

「링글 왕국에서 기다리겠다」는 말을 그녀가 기억해 준 것이 의외였다.

"……."

내 말을 이해한 순간, 그녀의 얼굴이 붉어진 것 같이 보였다.

왜 애매한 표현을 썼는가 하면, 눈앞에 있는 미나가 무표정한 얼굴로 손바닥에 작렬마법을 생성했기 때문이다.

홍조 띤 것처럼 보였던 얼굴은 작렬마법의 불길 때문에 빨개졌던 것일 뿐이었다.

게다가 기분 탓인지 미나의 안광이 점점 탁해지고 있는 것처럼 보였다.

"뭐야, 거짓말이었어?"

"아, 아니……."

평소의 드센 표정을 지우고서 한 손에 작렬마법을 생성한 채 천천히 이리로 걸어오는 그녀의 모습에 나는 전례 없는 위기감을 느꼈다.

"그런 말을 해 놓고서 약속이라는 의식이 없었던 거야?"

"저기……."

어째서인지 지금 그녀에게는 절대 반항해선 안 된다는 생각이 들었다.

그리고 이 문제에 관해서는 내가 잘못했다고 자각하고 말았다.

"아, 아니야…… 아닙니다. 그렇지 않습니다. 진실입니다. 진심입니다. 동생에게 맹세코."

"……."

멋대로 동생에게 맹세해 버렸는데, 나는 용서받았을까.

뒷걸음질 치면서 천천히 미나 쪽으로 눈을 돌리니 그녀는 작렬마법을 지우고 언짢은 얼굴로 팔짱을 끼고 있었다.

"나크. 한마디 말해 두겠는데, 난 거짓말을 싫어해."

"……엥?"

"무시당하는 것도 싫고, 잊혀지는 것도 싫어. 하지만 제일 싫어하는 건 자신이 한 말을 굽히는 거야."

……무슨 말을 하고 싶은 거지?

갑자기 태도를 바꿔 의미심장한 말을 하는 미나 때문에 곤혹스러워하고 있으니 그녀가 진지한 눈으로 노려보았다.

"넌 나한테 그렇게까지 말했으니까, 그에 걸맞게 성장을 하라는 거야."

"미나……."

"네가 말한 구명단의 치유마법사, 그건 분명 어설픈 각오가 아닌 거잖아? 나와 승부하는 와중에 외칠 정도로 말이야."

기억하고 있던 건가.

내가 미나와 싸우면서 외쳤던 말을…….

의외라는 감정보다도 감동이 내 마음에 흘러넘쳤다.

지금까지 미나 때문에 호된 일을 겪었지만, 그런 그녀가 내 목표를 긍정해 준 것이 순수하게 기뻤기 때문이다.

"귀족의 신분을 버리고, 루크비스를 나가면서까지 바라는 것이라면 반드시 되도록 해. 구명단의 치유마법사가 되겠다는 그 말을 절대로 굽히지 말고 현실로 만들어."

설마 이 녀석 나름대로 나를 응원해 주고 있는 건가?

태도가 너무 달라져서 기분 나쁘지만, 그녀의 심경 변화는 내게도 반가운 일이었다.

이 상태로 남을 못살게 굴던 아가씨가 얌전해진다면—.

"안 그러면 나도 너랑 마음껏 싸울 수 없으니까."

"……."

넋 놓고 보게 될 만큼 멋진 미소와 함께 나온 말은 전혀 다정하지 않았다.

우사토 씨, 역시 안 되겠어요! 이 녀석, 정말로 진짜 여러 가지 의미에서 정상이 아닌 아가씨야! 일반인과는 사고방식이 다르다고!

"나는 지금보다 더 강해질 생각이야. 계통 강화도 내 걸로 만들어 보일 거고, 마력탄의 면밀한 조작도 익힐 거야. 그런데 네가 언제까지고 그저 재빠르기만 한 치유마법사여서야 내가 노력한 보람이 없잖아?"

내 감동을 돌려줘.

본인이 매우 즐거워 보여서 아무 말도 할 수 없지만, 이럴 때는 이상하게 겁먹지 말고 똑바로 받아치는 편이 좋겠지.

"두고 봐. 나도 정식 단원이 돼서 우사토 씨와 어깨를 나란히 할 만큼 강해지겠…… 아니, 커질 테니까."

"커지겠다고? 지금도 꼬맹이인 네가 커질 것 같진 않은데."

사람이 은근히 신경 쓰고 있는 부분을 태연하게 들먹이다니!

"너도 나랑 키 똑같잖아!."

아주 조금 상처받으면서 그녀에게 내씹었다.

"난 여자아이이니까 괜찮아."

"아니, 여자아이라고 하기엔 좀……."

순간, 무시무시한 눈빛이 날아와서 입을 다물었다.

이 녀석의 끓는점을 진짜 모르겠는데요.

이대로는 이야기가 길어질 것 같으니 얼른 마무리할까. 너무 시간을 보냈다가 상인분한테 폐 끼치기도 싫고.

"하아, 아무튼 상인이 어디 있는지 가르쳐 준 건 고마워. 그럼 난 슬슬 가볼게."

"잠깐 기다려."

"으엑?!"

몸을 뒤로 돌린 순간, 미나가 목깃을 잡아당겼다.

이것에는 나도 화가 나서 돌아보았다.

"어이, 작작 좀—!"

"받아."

"해…… 응?"

뒤돌아본 내게 척 내밀어진 것은 편지 한 통이었다.

이건 뭐지, 하고 생각하며 편지를 받았다.

"네 동생이 보낸 거야."

"……뭐? 어째서……."

"어젯밤 나한테 도착했어. 너한테 쓴 거야."

봉투를 뒤집어 보니 나보다 훨씬 예쁜 글씨로 여동생의 이름이 적혀 있었다.

설마 부모님이 동생한테 내 말을 전해 준 건가?

그런 일이 가능한가?

내가 편지를 보낸 지 며칠밖에 안 지났지만, 바로 답장을 보내면 늦지 않게 도착할 만한 시간이었다.

천천히, 찢어지지 않게 봉투를 연 나는 떨리는 손으로 안에 든 편지를 꺼냈다.

몇 년이나 이야기조차 할 수 없었던 동생이 보낸 편지에는—.

저는 잘 지내고 있습니다.

오라버니도 힘내세요.

그저 간결하게 두 문장만이 적혀 있었다.

급하게 썼는지 예쁜 글씨가 살짝 삐뚤어져 있어서 얼마나 필사적으로 적었는지 이해할 수 있었다.

단 두 문장이지만 확실하게 전해졌다.

동생은 잘 지내고 있고, 멋대로 귀족을 그만둔 글러 먹은 오빠를 응원해 주고 있다는 것이…….

편지 내용을 똑똑히 기억에 새긴 나는 어째선지 부루퉁한 모습인 미나에게 얼굴을 돌렸다.

"미나, 고마워."

"나한테 감사 인사를 해도 곤란하거든? 그저 그 아이의 부탁을 함부로 거절하고 싶지 않았을 뿐이야."

"그렇더라도, 고마워."

흥! 하며 고개를 돌린 미나를 보고 쓰게 웃으면서, 우사토 씨에게 받은 편지가 든 짐에 동생이 보낸 편지를 소중히 넣었다.

이제 목소리를 들을 일도 없을 것이라고 생각했는데, 설마 동생에게서 편지가 올 줄은 상상도 못 했다.

이제 유일한 근심도 없어졌다.

"이번에야말로 진짜 갈게."

"그래, 멋대로 가 버려."

짐을 다시 짊어지고 미나를 보았다.

그녀는 평소처럼 언짢은 표정으로 팔짱을 끼고 있었다.

이제 그녀에게 할 말은 없다.

오히려 이 이상 무슨 말을 하면 좋을지 알 수 없지만, 극적인 이별의 말은 우리 사이에 필요 없다는 생각이 들었다.

소꿉친구고, 날 괴롭힌 아이고, 언젠가 싸울 것을 약속한 상대다. 새삼 생각해 보니 기묘한 관계지만, 지금은 그걸로 좋았다.

앞으로 이 관계가 어떻게 바뀌어 갈지가 문제였다.

하지만 분명 나빠지지는 않을 것이다. 확증은 없지만 그런 예감이 들었다.

언젠가, 우리가 조금 더 성장하면 그것도 알 수 있을지 모른다.

그때 나는 어떻게 되어 있을까?

구명단의 훌륭한 치유마법사가 되어서, 우사토 씨와 어깨를 견줄 만큼 성장해 있을까? 어떤 미래가 기다리고 있을지 참을 수 없이 기대된다.

그런 미래를 상상해 본 나는 더 이상 아무 말도 하지 않고 그녀에게 등을 돌리고 걷기 시작했다.

"여기서부터, 시작되는 거야."

나만의 인생.

누구에게도 속박되지 않는 삶.

그것은 분명 즐겁지만은 않을 것이다.

지금까지보다 더 지독하고, 눈물 날 듯 혹독한 현실이 막아서리라.

그래도 내가 택한 길이니까 몇 번이고 다시 일어나 도전을 이어 가자.

뜨겁게 끓어오르는 마음을 가슴에 품고서 오늘 이날, 나는 구명단이 되기 위한 최초의 한 걸음을 내디뎠다.

치유마법의 잘못된 사용법 4
~전장을 달리는 회복 요원~

1판 1쇄 발행 2018년 7월 20일
1판 2쇄 발행 2019년 12월 12일

지은이_ KUROKATA
일러스트_ KeG
옮긴이_ 송재희

발행인_ 신현호
편집장_ 김은주
편집진행_ 최은진 · 김기준 · 김승신 · 원현선 · 권세라
편집디자인_ 양우연
국제업무_ 정아라 · 전은지
관리 · 영업_ 김민원 · 조은걸 · 조인희

펴낸곳_ (주)디앤씨미디어
등록_ 2002년 4월 25일 제20-260호
주소_ 서울시 구로구 디지털로 26길 111 JnK디지털타워 503호
전화_ 02-333-2513(대표)
팩시밀리_ 02-333-2514
이메일_ lnovelpiya@naver.com
L노벨 공식 카페_ http://cafe.naver.com/lnovel11

ISBN 979-11-278-4578-0 04830
ISBN 979-11-278-4277-2 (세트

값 9,800원